戴晨志博士

讓愛飛進你的心

（本書原名：戴晨志溫馨說故事）

讓你感動不已的溫馨故事

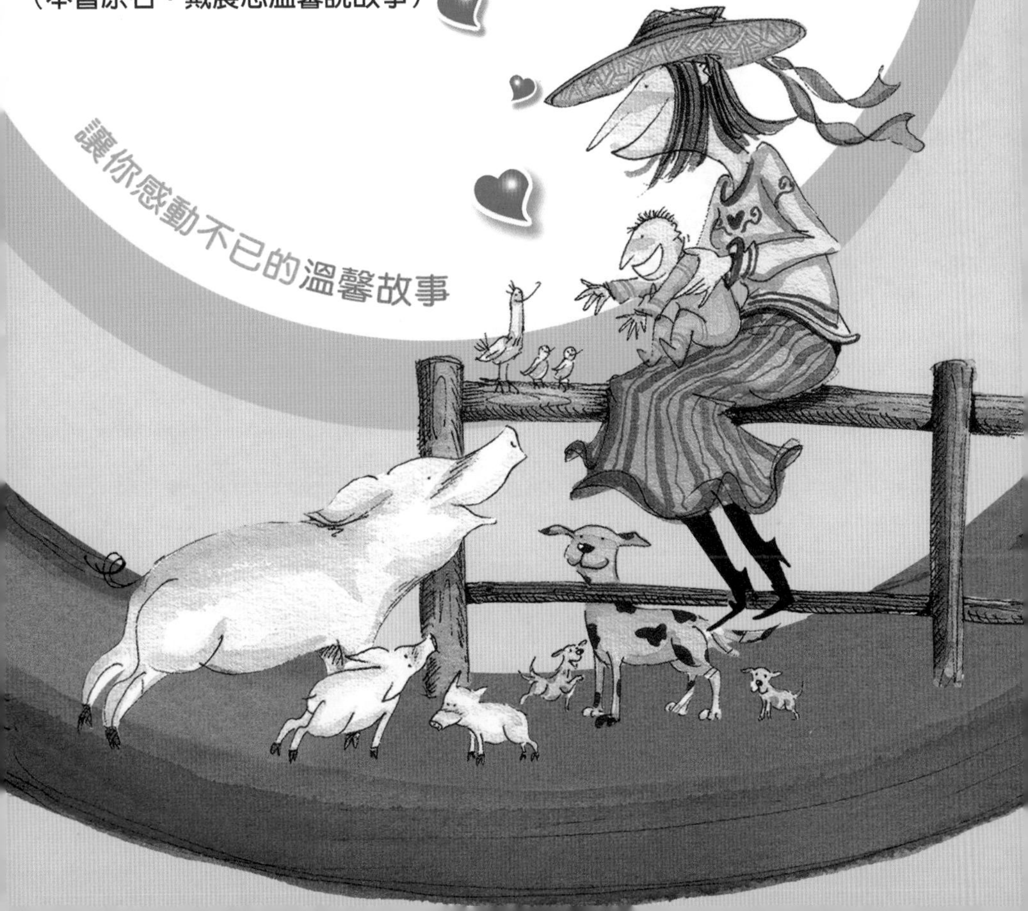

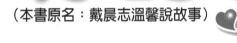

CONTENTS 目錄

【第2篇】打開心眼，共享愛的喜悅

CONTENTS 目錄

【第3篇】退後一步，以便跳躍

【第4篇】讓愛的薰風，吹拂你我

CONTENTS 目錄

【第5篇】嘴巴甜一點、微笑多一點

自序

光榮的印記，從無怨、埋頭地做起

——要讓生命更美好、更有品質！

戴晨志

前幾天，我的辦公室來了一位新朋友小趙，他是在柬埔寨出生的華人。以前，柬埔寨（高棉）發生內戰，五百萬人口被屠殺掉兩百萬人，成為「殺戮戰場」，所以，他在十一歲時就和父母、姐妹一起逃到越南。

在那戰亂的時代，沒有書可讀、沒地方可住，但為了生活，他四處做生意；小小年紀的他，甚至賣起「走私菸」！小趙對我說：「要做，就要做最大的小販！我是做大盤的，把菸整批賣給小販，警察來了，就躲、就跑！那時，我才十三、四歲。」

原本不會說「越南話」的小趙，在環境的逼迫下，也學會了越南話。十六歲時，他又被徵召到鄉下去蓋房子、挖運河、種田；然而，四處埋藏著恐怖地雷，一不小心，可能就會被地雷炸死。

後來，為了有更好的日子過，小趙和姐、妹一起逃離越南、投奔自由！

「你爸媽沒一起逃？」我問。

「沒有，我們不能全家一起逃亡，太危險了，不能把雞蛋全放在同一個籃子裡！」

小趙說，他們約三十個人，雇了一艘船，在黑夜中，悄悄地上船，天亮時，再上岸，躲在鄉下；晚上，又摸黑上船，在海邊航行，盼能慢慢地開到公海。可是，還沒到達公海，就被越南海軍用機關槍瘋狂掃射；妹妹身旁的一小孩，頭顱被射穿，死了，駕駛員也被打死了！船，停了下來，他們活著的，就被抓回去關在監牢裡。

小趙悠悠地說：「我們住在鐵皮屋牢裡，在三、四十度的天氣中，被烤得熱死了！而且，那鐵皮屋的高度，只比一般人的身高高一點，空間很窄；有些人被關在裡面三年，臉都『變綠』了，因為，整天都看不到太陽，只有一小扇窗！」

後來，小趙因為未滿十八歲，被釋放了。然而，他和家人逃亡的決心，依然不變！

再努力、再工作、再賺錢，他和姐妹再度一人花了「十二兩黃金」，坐上貨輪，偷渡到香港附近的小島。可是，香港政府不准他們上岸，只得在海邊拋錨、等待。

半年過後，颱風來了，怎麼辦？不能在滔天巨浪中載浮等死呀！船長心一橫，將錨弄斷，讓船，被大浪沖上岸邊！所有逃亡的男男女女，在驚濤駭浪之中，從斜倒岸邊的船艙裡跑了出來、衝向岸上；即使是狂風暴雨，也要跑、也要逃、拚命地逃！衣服，溼透了；眼睛，模糊了！每個人的臉上，是淚水、也是雨水；是驚恐、也是喜悅！畢竟，已逃到自由的土地了呀！

而且，哪有什麼家當？哪管什麼行李？能逃命，能在狂風暴雨中，不被大浪吞噬、不枉死在海上，就已經夠慶幸了！因為，能活下來，將來就會有一絲希望，能和留在越南的苦命父母再相見呀！

在香港的難民營裡，小趙和姐、妹待了一個月，即以難民的身份，申請到加拿大。

在加拿大，小趙不會說英語，一長輩告訴他，學英語，不是從「ＡＢＣ」開始學起，而是要從「P」開始學起。

為什麼呢？「因為，加拿大人喜歡吃『披薩』呀！」長輩對他開玩笑地說：「不，P不是『Pizza』，而是『Patient』，是要有耐心！」

是的，學英文是要從「P」、從「耐心」學起！於是，小趙到餐廳裡洗碗、當侍者，也到農場耕作、種菸葉來賺錢。

而在半夜，他仍不能睡覺，還去找「抓蚯蚓」的工作。為什麼呢？「抓蚯蚓」不是拿去當「釣餌」，而是拿去做「女性化妝品」的原料。因為，蚯蚓很滑，化妝品中需要蚯蚓的滑溜液。於是，在半夜裡，小趙雙手拎著桶子，低頭、半彎腰地在泥濘的溼地之中，不停地抓蚯蚓，一晚抓個三、四桶，就可賺上五、六百元的加幣。可是，腰彎了一整晚，隔天，就酸痛得站不起來了！

然而，為了生存、為了未來，小趙忍著痛，也忍住淚！他送貨、賣家具、賣電腦，也唸了技術專校。辛勤努力的結果，讓他一年擁有六、七十萬加幣的收入！

後來，他進入了美商大都會人壽，當起壽險業務員，憑著打拚的精神，竟然連續

三、四年，業績都打破該公司在全加拿大的紀錄，也成為有名的「業績王」。

如今，小趙被「宏利人壽」挖角，已來到台灣五年，也擔任該公司的「執行副總經理」！他，趙哲明，在我辦公室客氣地說，他剛到台灣時，都是看我的書來學中文的！

「戴老師，每個決定都要有『犧牲』，更要有『膽量』！」趙副總笑著對我說：**「人就是必須『敢要、敢想、敢去嘗試』**！我在加拿大年薪有一千兩百萬元台幣，現在到了亞洲，轉行政內勤，錢雖然少了，但是我『take one step backward, take two steps forward』——先退一步，再向前進兩步！我願意接受不同的挑戰，因為，我要與眾不同，我不能只過『平凡的人生』呀！」

趙副總又說：**「就像戴老師您書上所寫的——『只要有鬥志，不怕沒戰場；只要有勇氣，就會有榮耀！』我一定要讓我的生命更美好，也生活得更有品質！」**

看著來自柬埔寨的趙哲明，想著他的顛沛流離，以及奮發圖強的精神，心中真是感動與佩服！當他挺著胸、英挺帥氣地離開我辦公室時，我的心，卻似乎看見他雙手拎著水桶，在黑夜裡，低著頭、彎著腰，辛苦抓蚯蚓的身影！

真的，生命「光榮的印記」，也是要從「P」，耐心、無怨、埋頭地做起呀！

經過多年的坎坷歲月後，趙哲明早已將在越南的父母接至加拿大，姊妹也都在加拿大落腳，全家愉悅、平安地享受著「愛與溫馨」的生活！想想，老天真是眷顧這位勇敢「與命運搏鬥的人」呀！

後記

這本《讓愛飛進你的心》，原名是《戴晨志溫馨說故事》，於一九九九年二月出版，至今已逾六年。在這期間，感謝十多萬名讀者的愛護與購閱，讓它成為一本長銷書。為了更親近讀者，時報出版公司特別將本書重新編排、繪圖、刪增、更換書名，並改以彩色印刷呈現，成為更精美的書籍，來與讀者們見面，本人謹致上最深的感謝！

【第1篇】

快樂心靈之旅，不需簽證

她拿針筒扎自己肚子

珍惜生命，直到最後一分鐘

「屁股和手臂我都打不到，
所以我就強迫我先生幫我打。
可是，我先生拿著針筒一直發抖，說：
『叫我拿針戳自己的老婆，我真的做不到啊！』」
她在電話中，一邊說、一邊啜泣了起來……

有個相知甚久的女性朋友打電話給我：「小戴啊，我……我終於有了！」

「眞的？……太恭喜妳了！一定很辛苦對不對……這次花了多少錢？」我眞的爲她高興，因她的子宮內膜異位，無法正常受孕，結婚五、六年，一直沒有小孩。而她也三番兩次找名醫做「人工受孕」，但都未能成功。

此時，她在電話那端哭了起來：「這次花了十二萬，比上次那個醫生還貴兩萬……你知道嗎，爲了這個小孩，我常常要用針打自己……總共打了五十一針！」

「啊？用針打自己？爲什麼？」

「醫生交代我，每天都要打黃體素，來增加子宮壁的柔軟度，使胎兒容易『著床』……可是每一針只有打兩西西，劑量這麼少，怎麼好意思天天叫護士幫我打？而且，如果找不認識的藥局打針，每次都還要向別人解釋——因爲我不會生，所以要打黃體素兩西西，這多丟臉啊！所以，護士就教我自己打，可以打屁股、肚子和手臂……」她幾乎是強忍著、低泣地說道。

「可是，妳屁股怎麼打？」我問。

「是啊，屁股和手臂我都打不到，所以我就強迫我先生幫我打。可是，我先生手拿著針筒一直發抖，說：『叫我拿針戳自己的老婆，我真的做不到啊！』」她在電話中，一邊說、一邊啜泣了起來：「那時，我哭著告訴我老公說：『你不幫我打，誰幫我打？到這個關頭，要做孩子，你也有份啊！而且又花了十二萬，不打，萬一小孩又流掉怎麼辦？』」

聽她在電話中泣訴著，我也感到一陣心酸。她又說：「所以，我老公硬著頭皮幫我打針，他一天打我手臂、一天打我屁股，肚子我就自己打……我都是在我老公上班後，才自己拿著針筒，扎自己肚子！有時，我一邊打、一邊哭，打得手都發軟了……覺得自己為什麼要這麼委屈、這麼受罪？……可是，我又那麼盼望自己能懷孕、有個小孩！」

「沒關係啦，現在懷孕就好了，一切痛苦都是值得的啦！」我真的詞窮了，只能這樣安慰她。

一想到這女孩，我就感到難過。她，大學畢業，長得十分清秀、可愛，可是她的子宮內多長了「一層膜」，受精卵無法進入受孕，所以曾找多位醫生想盡辦法做「人工受

有個可愛的小寶貝，真是上帝的恩賜啊！

精」，但都失敗。這次，換個收費更貴的醫生，在她的肚子上打「三個洞」，把受精卵植入她的輸卵管，然後，叫她「躺著一個星期」，不能亂動。

痛，是可以想見的！可憐的是，受孕手術後，還要自己拿針筒不斷地戳自己的肚皮；而且，一直戳、一直戳，卻還不能保證，肚子裡的小胚胎是不是會安然、乖乖地躺著？還是會變成經血流出來？她只能天天提心吊膽、天天按時打針、天天默默祈禱——「上帝啊，求您憐憫我吧！求您賜給我一個小孩吧！」

我閉上眼睛，想像著，「她一邊哭、一邊掀起自己衣服，拿針筒戳自己肚皮」的情景！真的，我也好想哭，要不是很想當個「母親」，是很難忍受這種苦的！而且，這種苦，是我們男人永遠無法體會的。

❤

兩個星期後，她又打電話來：「小戴啊，我去醫院照超音波了！我看到我肚子裡的小孩了耶！」

「眞的？恭喜妳啊，總算有個小孩了！」我眞的爲她感到高興。

「可是，不是『有個』小孩，而是『有三個』小孩！」她俏皮地說。

「啊？三胞胎？天哪……那怎麼辦呢？一次生三個很累人的！」我吃了一驚。

「是啊，我現在又開始煩惱，必須再找醫生幫我『減胎』了！」她又高興、又傷感地說道。

＊溫馨一得＊

上帝創造女人時，似乎就賦予她「生育」的本能，但是，有些渴望擁有孩子的女性，卻無法自然懷孕，而必須花許多錢、透過醫學科技，以及忍受無數的痛苦，才能達成當母親的願望。

可是現今社會，我們看到許多「糟蹋自己」、「不懂珍惜生命」的年輕人，他們飆車、打架、搶劫……有些少女，在喜歡有婦之夫後，感情受挫、跳樓自殺；也有學生被老師責罵兩句後，就上吊自殺；更有些少女隨便發生性關係、吸毒、嗑藥，以致生出畸形嬰兒來……

眞的，我們必須懂得「珍惜生命」，更要勇敢地保護自己，直到生命的最後一分鐘；畢竟母親在肚子裡懷著我們時，是非常辛苦的啊！就像本文中的女主角，雖然她現在已滅胎成爲「雙胞胎」，但心裡卻擔心、害怕——怕吃太少，肚子裡的兩個小孩營養不夠；可是，肚子都吃得那麼大了，已經吃不下了呀！而且，等小孩順利出生，還要花好多錢請保母幫忙照顧啊！

所以，《愛的教育》作者亞米契斯寫道：**「一個人如果使自己的母親傷心，無論他的地位多麼顯赫、多麼有名，他也是一個卑劣的人。」**

姊姊，妳長這樣會「剋夫」哦！

人的關懷與接納，可以治病！

「執行長，我不知道適不適合再當義工？
如果，小朋友認為我的臉是可怕、
是恐怖的，
會造成他們的心理障礙，
那麼，我想在此向您道別、辭行！……」

六年前，我認識了幼扶中心的義工——佳佳，雖然她的右臉頰有一大片胎記，但她總是試圖克服自己的心理障礙，到幼扶中心去幫助孤兒、或貧窮家庭的小孩。

記得有一次，我和佳佳前往棒球場看職棒比賽；當我們搭上公車，往車廂後面找位子時，聽到座位上一小女孩轉頭向媽媽說：「媽媽，那個姊姊的臉長得好恐怖哦！」

「噓，小聲一點，那是胎記，不要講那麼大聲！」媽媽說。

當時，我心頭震了一下！我聽到了，我相信，佳佳也聽到了。

此時，佳佳故意裝得若無其事地問我：「今天是哪兩隊比賽啊？人這麼多，會不會買不到票？……」

到達棒球場時，球賽已經開打，我們買票到內野座位觀戰。當四棒強打擊出三分全壘打，啦啦隊和後援會正瘋狂地敲鑼打鼓、大聲喝采時，坐在我旁邊的佳佳突然用很平靜的口吻對我說：「剛才，車上那小女孩說的那句話，我已經聽了二十多年了！」

天哪，我早已忘了小女孩說的那句話，現在不正是在看精彩的職棒比賽嗎？可是，當佳佳的眼睛看著投手、捕手、打擊手，甚至聽著球迷鬼吼大叫時，心裡竟然還一直惦記著車內小女孩說的那句話——一句永遠刺痛她的話。

「哎呀，小孩子嘛，童言無忌，妳不要在意嘛！」我安慰佳佳。

「小孩子講的話才是眞話啊！」佳佳的眼睛仍然直視球場，抿著嘴說：**「你知道嗎，你們來看棒球都是很稀鬆平常，可是我來看棒球，內心卻常要經過很多掙扎！」**

❤

我曾聽佳佳的義工朋友對我說，有一次，她們一起到孤兒院陪小朋友寫功課、玩耍；正當義工姊姊陪大家玩得很開心時，一小女孩突然對另一女孩大聲嚷著說：「我不玩了啦！爲什麼妳的姊姊那麼漂亮，而我的姊姊長得那麼醜？這不公平！」

所有小朋友和義工姊姊都聽到了，也都愣了一下，只見佳佳說：「你們繼續玩，我去上一下洗手間。」說完，佳佳就低著頭走開。

十分鐘後，佳佳從洗手間回來，未料，先前講話的頑皮小女孩又跑過來，一副天眞模樣地對佳佳說：**「姊姊，我告訴妳哦，妳長這樣子，以後不能結婚哦！聽說像妳這樣的臉如果結婚，就會『剋夫』，妳知不知道？」**

半年了，擔任義工的佳佳，心情波濤起伏——「我奉獻時間、精力當義工，對小朋友到底是幫助、還是傷害？是給小朋友心靈慰藉、還是造成他們心理恐懼？」

佳佳真是忐忑不安，她寫了厚厚的四張信紙，將她二十多年來的心酸、難過、孤寂，以及遭人異樣眼光排拒的苦楚，告訴幼服中心的執行長：

「……執行長，我不知道我臉上的胎記，是不是適合再當義工？會不會因為我的加入，使中心的服務成效大打折扣？如果，小朋友認為我的臉是可怕、是恐怖的，會造成他們的心理障礙，那麼，我想在此向您道別、辭行！……**可是，執行長，如果您認為我來當義工，對中心和小朋友都會有幫助，也請您告訴我！假如您的答案是Yes，請您在下班前，把同仁小彩的紅色外套掛在中心的門樑上；假如您的答案是No，也沒關係，我就會默默離去……**」

執行長看完信，坐在椅子上默默靜思，隨後他叫同仁把小彩的紅色外套、以及所有同仁的外套，七手八腳地趕緊都掛在中心的門樑上，掛得琳瑯滿目！

「我這隻魚，長得不漂亮，但我很有自信、很快樂！」

那晚，下班時間到了，但同仁們沒有一人離開。

當夜色漸漸昏暗，佳佳微低著頭從對面馬路走過來時，中心同仁們歡呼著一擁而上，只見佳佳在對街的樹下，掩面哭泣了起來……

＊溫馨一得＊

我認識一女孩，常嫌自己的眼睛不夠大、鼻子不夠挺；她爲了考電視記者，就跑去「隆鼻」，也割了「雙眼皮」。可是，開完刀後，她很後悔，覺得「不太像自己」，好像怎麼看都不順眼。

後來，她順利當上電視記者，但似乎還是「不夠漂亮」，無法坐上主播台。一天，她去採訪殘障朋友後告訴我——她從小到大，都很在意自己沒雙眼皮、鼻子不挺，可是看到殘障朋友沒手沒腳，或被燙傷、燒傷，臉上留下一大塊疤……但，他們還是必須很努力地求生存，因爲錢不會從天上掉下來，上帝也不會因你沒手沒腳、或被燒傷，而每天「賞你一百元」！

是的，我們不一定是帥哥、美女，但我們四肢健全、五官端正，可以輕鬆自在地旅行、看棒球、看電影、逛街……但對一些肢體殘障、臉部缺陷的朋友來說，連「踏出家門」可能都十分困難，因他們必須克服「內心的障礙」啊！

有人說：「人的關懷與接納，可以治病！」的確，讓我們對「肢體殘障、臉部缺陷」的朋友，給予更多的關懷、接納和鼓勵！

叫豬叫狗，不如自己走！

拜託別人，就欠別人一份人情

「老師，噢，不是我在說啦，
你們班那些女生，噢，真是的……
既沒有頭腦、也沒有身材，
居然連豆腐干也會買錯，
實在很可悲耶！」

十多年前吧，我在赴美國唸博士前的一段空檔期，曾到一所私立高中擔任短期的代課老師。一天，我有點嘴饞，想吃豆腐干，但我又不想自己跑到福利社和學生擠在一起買，所以就叫一名女學生代勞。

後來，女學生買回來了，可是，卻不是我想要的「五片一包」的那種豆腐干！一堂課過後，剛好有個隔壁班男生到辦公室來，我就順便問他：「嘉仁，你可不可以幫老師到福利社換個東西？」

「換什麼東西？」

「小包豆腐干！我們班上女生幫我買錯了，可不可以麻煩你幫我拿去換？」我問嘉仁。

「老師，噢，不是我在說啦，你們班那些女生，噢，眞是的……既沒有頭腦、也沒有身材，居然連豆腐干也會買錯，實在很可悲耶！她們這樣活著有什麼意義？」嘉仁這小孩，就是愛耍嘴皮。

「你少囉嗦啦，趕快去幫老師換！」我說。

「好啦，等一下我拿作業去給我們導師後，就馬上去換！」

♥

就這樣，我在辦公室等嘉仁，等到上課鈴打了，竟然還沒回來，我只好悻悻然地到教室上課。後來，第四節下課，我回到辦公室、也吃完了便當，嘉仁還是不見人影！奇怪，從辦公室到福利社，好像沒有洪水猛獸、也不用跋山涉水，怎麼去了那麼久還不回來？

我一邊改作業、一邊等嘉仁，直到十二點四十五分，才看到他氣喘如狗地跑來，說：「老師，你的豆腐干，我換好了，給你！」

「你跑到美國去換是不是？怎麼會換這麼久？」我疑惑地問。

「老師，上一堂下課，你跟我講完後，我就要去福利社換豆腐干啊！可是，當我先拿作業給我們導師時，導師翻開作業，一看，就把我罵得半死，說我『不用功、很混、整天嬉皮笑臉、作業常遲交、一定考不上大學……』結果被他一直罵、罵了整整一堂課，罵完就下課了！後來我趕快跑到福利社幫老師換豆腐干，也順便買了便當；可是我肚子實在很餓，所以就先回教室吃便當！」嘉仁娓娓道來。

「後來呢？」

「後來，吃完便當，我就和同學打屁、胡鬧，亂扯一通後，覺得肚子不太舒服，就跑去上廁所！當我從褲袋裡掏衛生紙時，才感覺——咦？怎麼褲袋裡有鼓鼓、硬硬的東西？拿出來一看，原來是老師你的豆腐干！所以，上完廁所後，我就立刻『馬不停蹄、快馬加鞭地』幫老師把豆腐干送過來！」嘉仁這小子，總是一副調皮搗蛋的樣子，說起話來，眞令人覺得好笑！

「你是說……這豆腐干是你上廁所時才發現的？」

「對啊！我一發現，就馬上拿過來啦！好了，老師，我要回去睡午覺了，再見！」嘉仁一說完，一溜煙就跑了。

我看著那包「豆腐干」，錯愕地坐著，而鄰座的女老師，居然還笑著問我說：「戴老師，你有沒有聞到你那包豆腐干，味道有點臭臭的？」

＊溫馨一得＊

爲什麼我會想起這件陳年往事呢？因前一陣子，看到報上有一句話——「叫豬叫狗，不如自己走！」真的，有時候自己懶、不想動，想叫別人代勞；但到頭來，卻發現，「不如自己走」來得快！

其實，當我們「請託、拜託」別人去做一件事時，就已經「欠別人一份人情」，而且，該事的「主控權」也就交在別人手上；所以，心情常會變得忽上忽下、忐忑不安，不知別人會不會把事情做好？

有人說，我們常是「思想的巨人、行動的侏儒」；不錯，我們常常無法克制內心的「懶惰與懈怠」，而只知靠一張嘴去指揮別人！事實上，「坐而言，不如起而行」、「只動嘴，不如快動手」；因爲事業要想成功，需要的是手，而不是嘴呀！

所以，有知識的人不實踐，等於「一隻蜜蜂不採蜜、不釀蜜」！

我們必須有「力行」、「勤快」的觀念，也告訴自己——「別指望別人一定會把我們交託

不要只靠一張嘴，去指揮別人！

的事，放在第一優先」，因為，「叫豬叫狗，不如自己走」、「自己做，遠比叫別人做來得簡單！」

♥

以前有一大學女生宿舍，住了二百多人，但只有兩支電話。當電話響時，男朋友來電的機率不高，所以常沒有人願意去接聽。後來，有人在電話機旁寫了一首打油詩，「電話接聽率」就明顯改善了。這首詩如下：

電話不應任它響，
須防情郎被人搶。
百事皆因懶惰誤，
鑄成大錯對誰講？

當老寡母在陰間路上哭泣…

母親的胸脯，是孩子的酒吧間

「兒子、媳婦，你們在哪裡啊？
怎麼不趕快燒衣服給我穿？
我好冷、好冷，冷得全身發抖，
快倒在陰冷的地上了，
你們知不知道？……」

二、三十年前，在嘉義鄉下，有個七十多歲的老寡母，一個人住在土磚厝仔裡。她有三個兒子，老大、老二為求工作發展，早已搬到城裡去，只有老三和媳婦依然住在附近，偶而會過來照料、看顧她。

外地的兒子、媳婦雖然會按月寄零用錢來給老寡母，可是有時卻常埋怨：「人都那麼老了，還要那麼多零用錢幹什麼？」如今，老寡母生病了，一人孤躺在床上暗自流淚；說眞的，只有「三媳婦」還算有點孝心，會煮些肉湯來給她吃。

一天，老寡母病危，三個兒、媳都趕回老土磚厝，來見老母最後一面。病榻前，彌漫著污濁的空氣，也聞到老母不知多久沒洗澡的濃濃惡臭味。

「我……我把你們撫養長大……只剩下這間破厝仔……也沒什麼東西可留給你們，我就要走了……希望你們以後，還能常到墳墓來祭拜我！」老寡母在臨終前，斷斷續續地說著：「我死後……如果你們眞的孝順我……就不必花太多錢幫我辦什麼盛大的後事……只希望你們把我床底下……這一大堆破舊的衣服清洗、整理之後……再燒給我……讓我一起帶走……免得我在那裡很冷……沒有衣服穿！」

「我的心肝兒子、媳婦啊，你們在哪裡啊？怎麼都不聽我的話！」

沒多久之後，老寡母就呼吸急促，走了。

❤

三個兒、媳爲老寡母辦完喪事後，就各自回到自己家中，恢復昔日平靜的生活。而破土磚厝因年久失修，屋頂漏水、又髒又臭，也不值多少錢，三個兒子就決定用「大鎖」把土磚厝鎖起來，鑰匙交給三媳婦保管。

一個月後，天氣變冷了，三媳婦突然想起婆婆臨終前的交代——「要記得燒床下的衣服給我哦，不然我在陰間沒衣服穿、會很冷！」於是，她趕緊回到土磚厝，果然，一打開門窗，整間屋子都充滿髒臭霉味，好噁心……

可是，一想到婆婆病床前的「最後叮嚀」，三媳婦就忍著惡臭，把床底下一件件破爛的衣服拉出來。「衣服這麼臭，燒給婆婆怎麼穿啊？還是把這些衣服洗一洗、曬乾了以後，再燒給她老人家穿吧！」三媳婦心裡如此想著。

當三媳婦把衣服攤開，準備搓洗時發現，口袋裡怎麼有硬硬的東西？咦，裡頭有兩百元耶！……咦，這件口袋裡也有三百元……那件再打開，裡面居然還包著金子、首飾……天哪！

三媳婦將每件破爛衣服攤開，發現每個口袋都藏著「金額不一的紙鈔」；有些小金飾、鍊子、手鐲，也都用布包捆成「小粽子」的樣子，藏在口袋裡。

此時，三媳婦的眼淚潸然流下，也覺得好慚愧！婆婆現在走在陰間的路上，不知會不會沒衣服穿，而冷得發抖？她是不是一直孤獨地哭喊著——「兒子、媳婦啊，你們怎麼都不聽我的話、不去清洗床底下的破舊衣服、趕快燒給我穿？我好冷、好冷，冷得全身發抖、全身發黑，快倒在陰冷的地上了，你們知不知道？……我的心肝兒子、媳婦啊，你們在哪裡啊？……」

三媳婦小心搓洗著婆婆破舊的衣服，淚水也掉進洗衣的污水之中；她想到婆婆臨終前躺在病床上悲悽的心情——**「你們這些兒子、媳婦，如果還知道孝順、有把我的話聽進去，在我死後『幫我燒衣服』，自然就會找到這些我一生辛苦攢存起來的零用錢！如果你們不孝順、不把我的話當話，則這些錢、金飾，我寧願『讓它們腐爛掉』，也不願留給你們這些不孝的兒子、媳婦……」**

溫馨一得

西洋人說：「上帝為人類安排得眞是周到，嬰兒一闖入世界，就發現有位母親隨時看顧他！」而且，「母親的胸脯，是孩子的酒吧間」，天天陪同他、餵食他成長。

可是，一般的子女卻很少體會到父母是怎樣疼愛他們，除非等到「父母離開人世，或本身也有兒女的時候！」

看到這篇故事，眞是心有同感。**母親老了、不能動了，她要的不是「金錢」，而是「關心」！錢，對她來說，已不再具有意義，只希望兒女、孫子，常常回來「看她、陪她、關心她」；甚至，她手邊所有的錢、金飾、鍊子……也都願意留給子女，只要子女有一點孝心、還願意聽我的話——臨終所交代的話！**

因此，如果缺少了子女的「愛、關心與溫暖」，疼愛我們的父母，不管在世或已過世，他們的心，都會「冷得發抖」啊！

拉女生的手跳舞，羞羞臉！

「若能再年輕一次，我願放棄所有財富」

一天，在台上示範土風舞的蔡老師發現，奇怪，怎麼每個小男生到達操場後，鞋帶都「突然鬆了」，都蹲下來「綁鞋帶」？

蔡老師默不作聲，仔細觀察……

小時候，在鄉下國小唸書，沒什麼升學壓力，所以校方常要咱小學生參與「課間活動」、跳土風舞。全校小朋友在操場上，看著升旗台上的老師，雙手插腰，隨著音樂前奏節拍，踮著腳尖、斜點著頭，開始跳起土風舞。

台上老師規定，男生牽女生的手跳舞時，要有風度——男生要把手心向上，女生手心向下，輕輕互拉著手跳！可是，民風淳樸的鄉下，「男女授受不親」，小朋友都很怕被同學笑稱「拉女生的手，羞羞臉」，所以跳舞時，男女生就「假裝拉手」，實際上只是「隔空」做做拉手的樣子而已。

後來，班上愛耍寶的阿希，想出個好點子——在跳舞前，故意蹲下、假裝「綁鞋帶」，再順勢拔起操場上「粗粗的草」；而在跳舞時，就和女伴「各拉著草的一端」跳，這樣，男女生的手就不會「碰到」，也不會被老師發現「男女生沒拉手跳舞」！

阿希很得意的這個好法子，被男生「一傳十、十傳百」，大家都知道了，所以在跳土風舞時，就如法炮製。一天，在台上示範的蔡老師發現——奇怪，怎麼每個小男生到達操場後，鞋帶都「突然鬆了」，都蹲下來「綁鞋帶」？蔡老師默不作聲，仔細觀察

——咦？男女生不是都應該牽著手跳舞嗎？怎麼手上都「拉著一根草跳」？再看清楚，喲，阿希手上的那根草還「特別長」，快有十公分了！

♥

我記得，那天阿希是跟吳美慧一起跳；由於美慧的衣服、頭髮常是髒兮兮的，所以班上同學都不太喜歡她，而叫她「吳阿醜」（其實，回想起來，我們眞是不應該，因爲美慧家窮，媽媽早逝，又是老大，經常要幫忙帶幼小的弟妹，不像其他小朋友有爸媽照顧）。那天，跳完土風舞、回到教室後，蔡老師把阿希叫過去，說：「阿希，你剛剛的土風舞跳得很不錯哦！」

「眞的？」阿希信以爲眞，喜孜孜地說。

「阿希，你剛才和誰一起跳？」蔡老師問。

「老師，我剛剛和吳阿醜……不，不，是和吳阿……美慧一起跳！」

「你剛才跳得很好，你和吳美慧再跳一次給大家看好不好？」

這時，阿希急了，說：「老……老師，在教室裡沒辦法跳啊？」

「怎麼會沒辦法跳?你跟美慧快跳給大家看!」

阿希被逼得沒辦法,只好紅著臉,和美慧開始跳,兩人的手也輕拉一下!

「手要牽好啊!你剛剛不是跳得很好嗎?怎麼現在變成這樣?」蔡老師故意說著。倒是吳美慧,很大方、笑嘻嘻地「緊拉著阿希的手」,害得阿希馬上把手縮回來,而全班小朋友也「哈,哈!」大笑了起來。

「阿希,你剛才是怎麼跳的?你那根草呢?」蔡老師問。

「報……報告老師,草在抽屜裡,還留著。」

「好,阿希,下課時,你拉美慧的手去跑操場一圈!手要拉好、不能放手哦!你要是敢放手,就罰你跑兩圈!……你們這些小孩眞是的,牽手跳舞會死啊!牽個手又不會叫你娶她,大家都是同學嘛,要相親相愛,爲什麼不敢牽手?……」

下課時,同學們一窩蜂地湧到操場,看「阿希拉著美慧的手跑操場」,而其他班的小朋友也都圍攏過來,看熱鬧!當他們跑完一圈時,美慧一臉高興、笑嘻嘻的,而阿希卻覺得「很羞恥」,他一時悲從中來,趴在課桌上「嗚……嗚……」大哭起來。

雖然人老了，但想到童年時天真活潑的時光，真是快樂呀！

兩個星期後，阿希在跳土風舞時，又輪到和美慧一起跳。這次阿希又想出新怪招——在拉手之前，「呸！呸！」吐了兩口口水在手心上，兩手還搓一搓，得意地說：「牽啊，牽啊！妳不是很愛牽男生的手嗎？給妳牽沒關係啊！」

溫馨一得

幾年來，曾在電視新聞上，看到「經營之神」王永慶先生，在台塑運動大會中，率領高層員工長跑五千公尺；已逾八十高齡的王老先生，與夫人在人群中，以無比的毅力，向前勇往邁進。

王永慶先生曾說：「假如能讓我再年輕一次，我願意放棄所有財富！」奈何，一個人老了，再怎麼樣，也無法使自己回復年輕，只能在腦海中，回憶起「童年時的美麗時光」。所以，梁啓超在《少年中國說》中寫道：

「老年人如夕照，少年人如朝陽。

老年人如瘠牛，少年人如乳虎。

老年人如僧，少年人如俠。

老年人如字典，少年人如戲文。」

儘管人老了，皺紋也很多，但皺紋只代表「原來有過笑容的地方呀」！已步入中年的我，皺紋也愈來愈多，臉上的斑點也逐漸出現，但當我想起童年無憂無慮的日子、想起「阿希拉著美慧的手跑操場」、想起「阿希跳舞前吐口水在手上」……想起童年時那些天眞活潑的日子，臉上不禁露出歡愉的微笑！

我常告訴自己——雖然我無法改變「生理年齡」，但我一定要改變「心理年齡」！是的，我們一定要「珍惜現在」，同時也要「讓自己的心理年齡更年輕」！

歡迎到「人間天堂」來！

「積極努力、平安喜樂」，天堂就在我心

看看螞蟻，天天忙碌搬食，
路上遇到同伴，也只是「點個頭就走」，
不像咱們人，見到面，
老是「吱吱喳喳、聊個不停」；
而且，蠶兒明知逐日接近死亡，
仍天天不停地吐絲、工作啊！

許多人都曾夢想過，能到一個風光明媚、鳥語花香的地方，天天過著無憂無慮的快樂生活！的確，人生有苦難、有壓力、有愁煩，日子過得好痛苦哦！

曾聽過一則故事：有一個男人死後，終於解脫人世間的苦難重擔，而到了一個金碧輝煌、雕龍畫鳳，到處是美麗花園、小橋流水的地方；在一片無垠的果園中，令人垂涎的水果隨時可摘，吃、喝、玩、樂，什麼都有！哇，這眞是「人間天堂」啊！

當這男人要進入「天堂」時，門口警衛就非常禮貌地告訴他：「歡迎您來到這裡！您是我們的貴賓，我們一定會提供您最好的服務！……不過，在您進去之前，我們必須有個君子協定，請您聽完之後，再考慮要不要進去；可是一旦進去了，就不能再出來！」

「這話怎麼說呢？」男人問。

「報告貴賓，不知道您喜不喜歡吃山珍海味？」

「喜歡啊！」

「太好了，我們這裡提供全世界最好吃的山珍海味，舉凡中國菜、日本菜、法國菜、鮑魚、熊掌……應有盡有！只要您想吃什麼，都可以隨便吃！」警衛說。

接著，警衛又問：「不知道您喜不喜歡睡？」

「喜歡啊，我很喜歡睡！」

「嗯，我們這裡很適合您！我們這裡的床有『席夢思牌』、有『柯林頓牌』、也有總統『十星級套房』，每天一定讓您睡得香噴噴的、捨不得起床！而且，您愛睡多久就可以睡多久，絕對沒有人會來叨擾您！」

此時，警衛又問道：「您喜歡玩嗎？……我們這裡有KTV、卡拉OK、撞球、電動玩具、高爾夫球、迪士尼樂園、小人國……什麼都有！」

這男人聽了，微笑猛點頭：「太棒了、太棒了，這就是我想要的啊！」

「您討厭工作嗎？」警衛又說：「我們的協定中很重要的一點就是，我們這裡沒有工作可以做！不管您怎麼吃喝玩樂都可以，但就是『完全沒事做』，非常清閒！這樣，您願不願意進來？」

「哇，眞是太好了，這豈不是我夢寐以求的天堂嗎？要，要，我當然要進去！」

一個月過去了，這男人天天吃滿漢全席、看電影、唱KTV、打電動玩具、打高爾夫、飆車、睡席夢思床……可是，好像覺得「很無聊」耶！

「可不可以給我一些工作做啊？」後來這男人忍不住問警衛。

「我們不是已經君子協定、約法三章了嗎？我們這裡除了『吃喝玩樂、睡覺』之外，就是『沒事可做』啊！」警衛口氣堅定地說。

這男人沒辦法，只好繼續天天吃山珍海味、龍蝦鮑魚、換睡柯林頓總統名床、逛金碧輝煌的房子、唱卡拉OK、看電影……

三個月之後，男人又大聲地對警衛說：「拜託你找一些事給我做好不好？……你再讓我每天吃海陸大餐、蒙古烤肉、天天睡香噴噴的名床、玩電動玩具、看電視、打撞球……我都快瘋掉了，我實在受不了了！你再不給我事情做，我寧願下地獄，也不願待在這個鬼地方了！」

此時，警衛冷冷地說：「你以為這裡是天堂啊？這裡本來就是『地獄』啊！」

整天吃喝玩樂、無所事事，行屍走肉，就是地獄啊！

溫馨一得

曾和太太開車至黃石公園旅遊，看到大自然的奇景、變化無窮，有噴泉、瀑布、草原、森林、湍急溪流、巨岩、水牛、鹿……眞是美不勝收。想想，在台灣工作，好辛苦哦，這裡眞是人間天堂啊，能住在這裡多好！

可是，再想想，這裡交通太不方便了，沒7—11超商、沒小吃店、沒親友、沒台灣報紙、也沒工作做……唉，這地方好像「也很無聊」呀！

在舊金山時，曾接受朋友招待，住在他們靠山面海的別墅。我對朋友說：「哇，你們家眞是漂亮，天天可以看到青山、大海、船隻，眞是享受！」朋友回答說：「我們都把窗簾拉下，天天看山、看海，也不覺得多漂亮！」

♥

是的，天天看美景，就看膩了，也不會覺得多漂亮！

而且，人活著，若天天享受山珍海味、吃喝玩樂，卻遊手好閒、無事可做，就像「行屍

走肉」，沒有一點意義！它讓你「沒有理想、沒有創造力、沒有成就動機」，甚至變成一種麻木不仁的「痛苦與夢魘」！

因此，無工作、無目標的人是可悲的、也是不幸的；看看螞蟻，天天忙碌搬食，路上遇到同伴，也只是「點個頭就走」，不像咱們人，見到面，老是「吱吱喳喳、聊個不停」！

再看看蠶兒，天天忙於吐絲，明知逐日接近死亡，仍然不停止地吐絲、工作。

所以，「積極努力、平安喜樂」，天堂自然在你我心中啊！

【第2篇】

打開心眼，共享愛的喜悅

閉上眼睛，你就可以看到了！

學習用「心眼」，去體會周遭世界

老梁夢中醒來，赫然發現，老劉雙手緊抱著胸口、雙腳捲曲，好像快喘不過氣來！老梁不動聲色，也沒幫他按急救鈴，只是眼睜睜地看著他，慢慢停止掙扎……

那是一個位在三樓的病房，有三個病床；當老梁因心肌梗塞被送到這病房時，「靠窗」的病床已住有其他病人，所以他就被安排在「靠牆」的床位。

當老梁的病情稍微緩和之後，靠窗的老劉主動和他聊天，說道：「唉，沒辦法，年紀大了，心臟血管硬化，三條主動脈塞了兩條半，隨時都可能有生命危險！」

隔著一個空病床，老梁經常聽老劉說起年輕時的種種英勇事蹟；而「靠窗」的老劉也常望著窗外，看著外面的「車來人往」，口中喃喃說道——「那裡有個年輕媽媽，帶著可愛的小女孩，手上還拿著紅色、黃色的汽球，好漂亮哦！」「哈，那邊有兩隻小狗在打架……牠們扭打在一起，還咬得哇哇叫！」

聽到老劉這麼開心地講，老梁心裡總是十分「鬱卒」！唉，眞是倒楣，被安排住在「靠牆」的床位，什麼都看不到，有夠無聊的！此時，「靠窗」的老劉又說了：「你看，那邊人行道上，有個白頭髮的老先生牽著老伴的手，兩個人慢慢地走……唉，我老伴太早走了，以前我們也都是這樣，兩個人牽著手，慢慢地散步……」

老梁躺在靠牆的床上，悶悶不樂、也頻頻嘆氣；他希望有一天，也能換個「靠窗」

的床位，和老劉一樣，可以看到窗外「多采多姿、生動有趣」的情景。

❤

當天半夜，老梁夢中醒來，赫然發現老劉雙手緊抱著胸口、雙腳捲曲，好像快喘不過氣來！老劉的右手試著想按「急救鈴」，可是，急痛的胸膛，讓他無法看清急救鈴的位置，只見他的右手無主地亂按，卻怎樣也按不到急救鈴。

老梁睜著兩個大眼睛，看著這一幕。他，不動聲色，也沒幫他按急救鈴，只是眼睜睜地看著他，慢慢停止掙扎……

隔天，老劉的遺體被送到太平間，而醫護人員也應老梁的要求，將他的床位移到「靠窗」的位置。

當老梁看著窗外時，只見一堆破舊的「違章建築」，根本沒有車來人往，也沒有媽媽和小女孩，更沒有可以讓兩個老伴一起牽手走路的人行道……

❤

英國小說家沙米爾曾說：「閉上眼睛，那你大概就可以看得到了！」

是的，有些事情，無論眼睛睜得再大，也是一樣「看不見」！因為，有時人必須「閉上眼睛」，用「心眼」來看，才能看清一切、才能看到美景！

曾有一個基金會，每個月都收到一位朱小姐「兩千元」的捐款；這筆捐款雖然數量不多，但從未間斷，持續兩、三年。

一天，基金會義工打電話給朱小姐：「謝謝妳每個月都捐款給我們，歡迎妳有空過來坐坐，或是，妳也可以到基金會來和我們一起擔任義工啊！」

「我……我不太方便耶！」朱小姐委婉地說。

「妳不用擔心，我們在社會上雖然被貼上『非主流』的標籤，但是我們的基金會很單純，不談政治、只做慈善……」義工小姐說。

「我……我的行動不方便啦！」朱小姐在電話中有些不好意思地說。

這時，義工小姐心想，基金會會址是在一樓，如果她坐輪椅過來，也還算可以，所以就熱心地介紹基金會的工作環境、性質；可是，電話筒那端輕輕傳來羞澀的聲音：

「對不起，我……我是個盲人……我的行動不太方便……我沒唸什麼書，只能幫人家按

摩……所以，我不能捐很多錢給你們……那一點錢，希望能幫助更需要幫助的人！」

霎時之間，義工小姐手握著電話筒，許久說不出話來，眼眶也溼紅了。

的確，當我們「閉上眼睛」，用「心眼」來看，就可以看到許多「我們睜大眼睛時所看不見的事」！

＊溫馨一得＊

世界美不美，並不在於我們「眼睛看到什麼」，而在於我們「心中感受到什麼」？所以，即使是在惱人的下雨天，詩人也可以吟唱出優美的不朽名詩；儘管被貶至偏遠的蠻荒，但失意墨客仍可以寫出流傳千古的詞句。

莎士比亞說：「事無善惡，乃在於人們想它是善是惡。」假如，一隻小狗對著路邊的小姐汪汪叫時，她可以很生氣地臭罵：「死狗，一腳踢死你！」但是，她也可以很高興地想：「哇，連狗都覺得我很美麗，懂得對我汪汪叫……」

有句大家耳熟能詳的話：「山不轉，路轉；路不轉，人轉；人不轉，心轉！」

閉上眼睛，就可以用「心眼」看清一切！

的確，要懂得「心轉」，學習用「心眼」去想、去體會，才會看到「多采多姿，生動有趣」的世界。

所以，雖然「眼睛」是咱們的「靈魂之窗」，但是，唯有「打開心眼」，才能使我們的手，握有「快樂之鑰」啊！

妳要嫁「有饅頭」或「有披薩」的？

「結婚」就像計畫作戰一樣，不能出錯！

法國作家泰恩說：

「相互研究了三星期、相愛了三個月、

再吵架了三年，而後又彼此忍耐三十年；

接著，輪到孩子們來重複同樣的事，

這就叫——婚姻。」

在閒聊時，秀涓向男同事提及她對男女感情的看法：「其實，我對感情的要求很簡單，我只希望他很眞心、很眞誠地愛我！萬一兩人過著清苦的日子也沒關係，只要他有一個饅頭時，能分『半個饅頭』給我吃、不要忘了我就好了！而且，我也不希望他把整個饅頭都給我吃，因爲他也要爲我保重身體啊！」

「慢點、慢點！」男同事打岔說道：「妳說，希望他有一個饅頭時，能分一半給妳吃？……妳……妳怎麼要求這麼低啊？妳可以去找有『兩個饅頭』的男朋友啊，這樣他如果分一半給妳，妳就可以吃到『一個饅頭』了啊！」

「哎唷，那只是個比喻嘛！」秀涓有點不耐煩地說。

「比喻是沒錯啊，可是，妳眞的可以找一個條件好、家境好一點的啊！妳爲什麼一定要找窮到『只有一個饅頭』的男朋友呢？」男同事開玩笑地繼續說道：「妳長得又不醜，幹嘛非要找個窮男人嫁呢？」

此時，秀涓心頭愣了一下，因她的男友對她很好，可是男友的家境不好，父母又常愛向他拿錢亂花用，他弟弟則是「六合彩組頭」，喜歡賭博！

正當秀涓一時沒答話時，男同事又玩笑地說：「妳又不是外省人，幹嘛那麼喜歡『吃饅頭』？妳爲什麼不找個『有麵包』或是『有披薩』的，那會吃得比較飽啊！不然，妳好歹也可以找個『有包子』的，有肉餡兒，比較好吃啊！……爲什麼一定要找白白沒餡兒的饅頭呢？」

「喂，你很煩耶，那只是形容詞而已嘛！表示如果兩人生活很苦時，他還願意分一半給我，跟我一起同甘共苦、一起分享，不會把壞的都丟給我，而自己享受好的！」秀涓用反唇相譏的口吻說：「你看你，你自己對感情根本沒什麼執著，也沒有什麼看法，找女朋友只會看外表、看家世背景……」

「噢，不，這妳就誤會我了！其實，我覺得妳對感情的要求和看法蠻正確的、蠻好的，我很同意！」男同事說。

「眞的？」

「對啊！所以我一直希望能找到一個女朋友，如果她有『兩億元』的話，可以分『一億元』給我！」男同事正經八百地說：「我的要求實在很卑微、也不過分，我不會要求她『把兩億全部給我』！我只要有一億，另外一億她自己留著用，這樣大家都會很快樂！」

「你去死啦！你很無聊耶，你慢慢找、慢慢等吧，看你什麼時候可以找到一個『願意分一億給你』的女人！」秀涓揶揄地說。

「嘿，妳幹嘛罵我？這不是妳的標準嗎？如果我女朋友有『兩億』，我要她『分一億給我』，我眞的願意和她『同甘共苦』啊！我又不要她把兩億全部都給我，我這樣講，跟妳的理念是一樣的啊！我用和妳一模一樣的句型，只是把『饅頭』換成『金額』而已，妳爲什麼罵我無聊？……我講的都是眞心話呀！」男同事說。

❤

那天，秀涓回家時，心中一直想起男同事的玩笑話——「妳為什麼一定要找『只有一個饅頭』的呢？妳長得又不醜，妳可以找『有麵包』、『有披薩』、或是『有包子』的啊！……至少找個有『十個饅頭、二十個饅頭』的，這樣，妳就天天有吃不完的饅頭了啊！」

溫馨一得

法國作家泰恩說：「相互研究了三星期、相愛了三個月、再吵架了三年，而後又彼此忍耐三十年……接著，輪到孩子們來重複同樣的事；這就叫婚姻。」

對一個女孩子來說，她飛行的最高點，就是「結婚」——去跟一個她心愛的男人結婚；可是，如果在結婚前，不能睜大眼睛、仔細挑選，則結婚後所造成的痛苦，一定會比歡樂還要多！

本篇故事並非鼓勵嫁娶的對象一定要「富有」，而是提醒所有未婚男女，俗語說，「貧賤夫妻百事哀」，「經濟狀況」是結婚前不能不考慮的要素之一；生活中，沒錢的夫妻常會「爲錢吵架」，畢竟每天的「柴米油鹽」都需要錢！

♥

所以，「談錢很俗氣，但沒有錢，日子實在過不下去！」

因此，結婚前，要非常仔細地想清楚：「我是否願意嫁『只有一個饅頭的他』？我

選老公，要睜大眼、看清楚，就如同計畫作戰一樣，不能出錯！

是否能容忍他家人是『六合彩組頭』？」因為就像蕭伯納所說：「選擇妻子（丈夫），正如計畫作戰一樣，只要錯誤一次，就永遠糟了！」

美國總統傑克遜曾說：「天堂之於我，將不能算是天堂，假如我在那兒見不到我太太的話。」

哇，這是一對多麼令人羨慕的恩愛夫妻啊！但願我們在老年時，都不會說：「天堂之於我，將不能算是天堂，假如我在那兒看到我太太（先生）的話。」

老師，我真的願意「生死相許」

勿讓男女感情變成「淒涼廢墟」

婚姻，有時像是「冰山」，
讓夫妻兩人「冰冷得不想活」，想跳樓！
萬一跳樓不成，活著，又很沒意義；
這時，就很容易遇到「火山」——
熱情如火的「誘惑」！

范老師自從師大畢業、退役後，就在中壢家鄉的一所高中任教。當時，二十五年前，中壢鄉下民風純樸，師生關係十分融洽，而年輕、有活力的范老師，自然是女學生樂於親近的對象。

如今，二十五年過去了，范老師已經五十歲了，也轉到台中任教，然而，當時他在中壢所教的一位女學生靜蓉，仍和他保持著聯絡。當然，靜蓉現在也已逾四十歲、爲人妻母了。一天，范老師接到靜蓉從中壢寄來的一封限時信：

「親愛的范老師：

我很掙扎要不要寄這封信給您，因我原本想把我的心，永遠埋藏起來，不讓您知道；可是，我又覺得我似乎非說不可！

我時常在想，如果沒當過您的學生多好？我從十六歲當您的學生時，就愛上了您；雖然事隔二十五年，而我現在也有兩個小孩了，可是，說真的，我從未對別的男人動心過，包含我先生在內。

當年，是我父親要我結婚的，可是，老師您知道嗎？我最心愛的人是您啊，真的，我的心不曾改變。我現在婚姻也算美滿，我先生常說，他下輩子還要娶我，可是，我從未答腔；因為，若有來生，我最想嫁的是您啊！只有您，才是我的真命天子。

老師，我真的很捨不得您！假如現在有人用槍瞄準著您，我一定會擋在您面前，替您受死！『以身相許』對我而言，不算什麼，因為我相信，為了您，我一定可以做到『生死相許』！

范老師，我多麼想用我最大、最大的愛，來撫平您的傷痛！您前一陣子告訴我，您和師母的感情已經『絕裂』了！現在雖然同住一個屋簷下，但兩人『形同陌路、互不講話』，也沒有什麼『性生活』了……。老師，我聽了真的很難過！像老師您這麼好的男人，師母怎麼不懂得多疼愛您一些呢？

沒關係，老師，以後要是師母再找您麻煩、和您吵架，不要理會她，只要多想我一下，也請您不要常生氣好不好？真的，我很希望能安慰、溫暖您的心！雖然您少了家庭夫妻之情，但您還有一對可愛的兒女，也還有永遠思念著您的我啊！

老師，您的人生一點也不坎坷，因師母是世界上最沒有福氣的人，不必和她計較。

「誘惑」一如「火山」，對不斷噴出的紅色岩漿，最好保持距離。

只要您願意，我隨時可以代替『師母職』，做她應該為您做的一切！老師，我真的願意，只要能讓您快樂、能排解您的苦悶，我真的『一切都願意』。

請相信我，我是真心地愛您，連我先生都不知道我有這樣的一面。如果這封信落在他手裡，肯定會跌破眼鏡、大鬧家庭革命！可是，我是真的除了老師之外，未曾對其他男人動心哪！所以，我不認為自己脫軌、紅杏出牆，因我既不是『水性楊花』，也不是『逢場作戲』，我只是執著『一生中的真愛』，有何不可？

因此，希望老師您能常回到中壢來，回來時，請務必告訴我，讓我能好好地接待您、服侍您！過幾天，我會再打您的手機，我真的希望天天都能和老師說話；而且，拜託老師下次在電話中，能不能『大笑幾聲』讓我聽一聽？一次就好！我不希望聽到老師在電話中消沉、難過的聲音，那我真的會捨不得！

寫了這麼多，我覺得很丟臉、很卑賤；可是老師，我的心永遠在您身上，二十五年了，不曾一天忘記過。當我想念您的時候，我好心痛，也不知道流了多少眼淚？我現在對先生好，是我為人妻的本份，可是我真心愛的是您啊！

我很恨我自己，恨自己為什麼不能忘了您！我曾經告訴自己一千次、一萬次——要忘記您，可是我就是忘不掉，我真是笨蛋、該死啊！可是，老師，請不要嘲笑我、不要罵我好嗎？我所說的，全部都是真心的！

最後，祝您

天天快樂！

靜蓉上」

范老師看著信，手不禁發抖起來，心也怦怦跳……

二十五年了，沒想到靜蓉這「小女孩」，竟然是如此眞心地對他！

一週後，范老師告訴靜蓉，這週末會回中壢老家探望父母。

那天，週六下午，范老師開著車子，五度來回經過靜蓉家門口，他的心跳變得急速，握著方向盤的雙手也「直冒冷汗」，心中十分痛苦地掙扎——我……該不該停車？……停？或不停？……要不要單獨和她見面？

最後，他狠下心，停下車子，走進靜蓉家。

范老師選擇了「與她、和她先生」，三人共進便餐、聊天後，自行開車離去。

＊溫馨一得＊

有一個想要自殺的男人，站在大樓的陽台上，一副痛不欲生、要往下跳的模樣。當警察趕到，勸他說：「不要衝動哦，你要想想你年老的爸媽呀！」

這男人一聽，心裡一陣猶豫。警察見狀，又立刻說：「你也要想想你可愛的小孩啊！」男子聽了，腳步往後退了一些。此時，警察又說：「而且，你也要多想想你心愛的老婆啊！」

這男人一聽到「老婆」兩個字，就毫不遲疑、奮不顧身地跳下去！

♥

婚姻，有時像是「冰山」，讓夫妻兩人的相處「冰冷得不想活」，想跳樓！萬一跳樓不成，活著，又很沒意義，這時，就很容易遇到「火山」——熱情如火的誘惑！

眞的，碰到「火山」時，很難抵擋！想到「老婆」，天天「兇悍地辱罵、嘲諷地指責、嘮叨地管教……」而她，多麼千依百順、溫柔體貼、善解人意……唉，眞是相見恨晚呀！

可是，必須想想「火山爆發後的殘局」是什麼模樣？是一大片生不出一根草的「斷垣殘岩」、人類動物無法生存的「淒涼廢墟」啊！

所以，有人說：「所謂的義人，並不是不犯罪，而是對輕微的誘惑，有很大的敏感。」

「誘惑」一如「火山」，對不斷噴出的紅色岩漿，最好保持距離、遠遠觀看就好，才不會「引火自焚」！相反地，若能讓「冰山融化」，使冰雪變成海水、擁抱百川，則將使生命注入更多活力！

媽媽挺個大肚子，有多重呢？

「世上一切光榮和驕傲，都來自母親」

「以前我都不覺得父母有什麼偉大，
現在結了婚、當了媽媽以後才覺得，
父母親把我們養到這麼大，
平平安安、毫髮無傷，
沒碰到『割喉之狼』……
真是很不容易啊！」

有個公家機關，爲了減輕員工繳交子女數萬元學費的壓力，特別實施一項優惠措施，即員工可以在開學時，先預借「子女教育補助費」，等到取得學費繳付收據後，再辦理結報。

其實，這樣的措施會添增會計、出納人員的作業負擔，但對家中有小孩唸私立大專院校的基層員工來說，卻是一項福音，所以許多清寒的員工都預借了這筆「子女教育補助費」。

開學一星期後，一女工友將先前預借的錢，又全數繳回；承辦的會計小姐一臉不悅地說：「妳幹嘛呀，妳這不是在整人、在找我麻煩嗎？好不容易把錢爭取來，預借給妳們用，妳現在又要繳回來，搞什麼嘛！」

只見女工友低著頭、臉不敢抬起來，侷促不安地說：「對……對不起啦，我……我也不知道，我那個女兒這學期……怎麼突然被學校退學了！」

♥

每當我聽到某個學生「被退學」時，就想起這個故事，腦海中也浮現「女工友低著頭，向會計小姐輕聲道歉、一直賠不是」的景象。

可憐的窮苦母親，必須到公家單位當工友，以微薄的薪水來撫養子女，奈何子女竟不知上進，而放蕩到「被退學」來回報。我在想，那女工友手抱著錢，低頭還給會計小姐時，不知是多麼「心痛」啊！

也有一個媽媽，女兒就讀於某國立大學，由於女兒熱心於學校社團，也兼有家教，所以經常不在家裡吃飯。一天傍晚，女兒突然提早回家，因家教學生生病，不用去上課；媽媽一聽很高興，趕緊叫女兒過來吃晚飯。可是，女兒卻一副懶懶的樣子，不吭一聲。

「有沒有想吃什麼？媽再去做點菜給妳吃！」媽媽又耐心地問道。

「吃！吃！吃！妳就只知道吃！妳看，我都已經這麼胖了，妳還一直叫我吃，要我吃到死是不是？」女兒突然對著媽媽大聲吼叫道：「拜託妳，要吃，妳自己吃就好了！除了吃，妳還會問我什麼？」

媽媽被女兒這「突來一吼」，當場傻眼，心碎地放下碗筷，也含著淚，將飯菜收進

「媽媽挺個大肚子，有多重呢？有好幾大桶礦泉水那麼重！」

廚房。

曾有一位先生，經常主動打電話到各學校，要求對學生做「闡揚孝道」的免費演講；但許多學校因這位先生知名度不高，而且「不收演講費」，心中難免產生「防衛心」，懷疑他是不是來「推銷商品」的？

但這位先生鍥而不捨地再三要求，並且保證「不推銷任何商品」，所以某國中校長才准許他對全校學生演講。

演講當天，這位先生手提著「兩桶三公斤重的礦泉水」，走上講台；在開場白之後，他便邀請五、六個男女學生上台，要他們提提看這些水，重不重？

「嗯，很重！」提過兩桶礦泉水的同學都異口同聲地說。

「對，很重！這兩桶礦泉水加起來有『六公斤』，但是，你們知不知道，媽媽在懷孕時，每天挺著大肚子，大概有多少公斤重呢？」這先生在講台上對全校學生說：**「我想，你們大概很少人知道，當你們還在媽媽的肚子裡時，加上羊水的重量，媽媽挺著的**

大肚子，可能是十五公斤、甚至是二十公斤！如果是二十公斤，就比這兩桶礦泉水『重三倍多』……」

這位先生放下手上的礦泉水說道：「我們的媽媽這麼辛苦地挺著大肚子，又把我們生下來；而且，你們知道嗎？媽媽生產時會很痛、很痛，也可能有很多危險！像我的媽媽……她就是在生我的時候，因難產、失血過多，而過世！……所以，我這一輩子，從來就沒有見過我的媽媽……」

溫馨一得

蘇俄作家高爾基說：「世界上一切光榮和驕傲，都來自母親。」的確，人的一生，若有些值得誇耀的成就，最應該感謝的，常是「無怨無悔、不辭辛勞」的母親。

然而，兒女在成長過程中，卻無法體會父母的勞苦，有時莽撞頂嘴、有時不知學好，所以莎士比亞曾說：「兒女的忘恩，就像一隻手將食物送進嘴裡，而這張嘴，卻狠狠地把手咬了下來！」

在一次同學會中，我聽一個已當媽媽的女同學說：「社會治安那麼亂，許多女孩被強暴、潑硫酸，不然就是碰到『割喉之狼、割臀之狼』……**以前我都不覺得父母有什麼偉大，現在結婚當了媽媽之後才覺得，以前父母親把我們養到這麼大，平平安安、毫髮無傷，真是很不容易啊！**」

是的，在「當了媽以後，才知不如媽」，也才體會到——子女再怎麼孝順，都無法回報父母生育、養育、教育之恩情於萬一啊！

盼望我們自己，都能使日漸年邁的父母，有「此生不虛」的安慰與寬心！

讓心中的「小魔鬼」消失！

「知過則改、懂得懺悔」，永不嫌遲

「本來我的心一整天都很緊張、很害怕，
也怕爸爸媽媽會罵我，
好像心裡有『魔鬼』一樣！
可是，我說出來以後，
心裡的魔鬼就愈來愈小了……」

曾經聽過一個媽媽說了一則故事——

記得有一天，我唸國小四年級的可愛女兒從學校放學回家，就跟我說：「媽，今天我的數學考一百分耶！」

「眞的啊？好棒哦！考卷讓媽媽看一下。」女兒隨即從書包裡拿出考卷給我看——嗯，不錯，題目這麼難，還能考一百分，很棒、很聰明！我撫摸著女兒的頭，高興地稱讚她。而女兒也以撒嬌的口吻對我說：「媽，妳不是說如果我考一百分，就要給我一百塊嗎？」

「好啊，等一下我就給妳一百塊！」我微笑地答應女兒。

可是，此時，我看女兒的臉似乎沒有興高采烈的樣子；她低著頭，好像有什麼話要說，卻「欲言又止」。我問她：「怎麼，妳好像有什麼心事？」

女兒眼睛沒看我，只說：「唉，算了，沒事！」

「妳有事就說出來嘛！是不是妳想買什麼東西，嫌一百塊不夠？」我問。

「不是啦！唉，我……我還是不要說好了……免得妳又要罵我！」女兒吞吞吐吐地說。

「好，媽不罵妳，妳說沒關係！」

女兒聽我這麼說，就縮著肩，不好意思地開口說：「今天數學考試，有兩題、二十分，是我偷看同學答案的！」

「啊？」我一聽，原本興奮喜悅的心突然消失。雖然我以前考試時，也曾經作弊、偷看別人的答案，可是那是「國中」時才作弊的啊，女兒怎麼可以在「國小四年級」就偷看別人的答案？當時，我有點生氣，但還是按捺住性子，聽聽女兒怎麼說？

「媽，是妳自己說考八十幾分很差、很爛，如果我能考一百分，就要給我一百塊！所以……我一有機會，就『好好把握』啊！」女兒說。

我一聽，愣了半晌。是的，這些話是我說的，可是我沒叫妳去偷看別人的啊！我摟著女兒，對她說：「對不起，媽不應該用一百塊去賄賂妳考一百分；考八十分也不會很爛，媽以前還考過五十八分呢！」

「媽，妳不罵我嗎？」女兒有點疑惑地問。

「妳這麼誠實，媽怎麼會罵妳？」我欣慰地對女兒說：「雖然妳應該只有八十分，可是，妳的誠實是『一百分』啊！妳不覺得誠實地說出來以後，心情好多了嗎？」

「對啊！本來我的心一整天都很緊張、很害怕，也怕爸爸媽媽會罵我，好像心裡有『魔鬼』一樣！可是，我說出來後，『心裡的魔鬼就愈來愈小』，心情就舒服多了！」女兒終於露出笑容說道。

♥

後來，我又問女兒：「妳心裡的魔鬼雖然愈來愈小，可是它還是存在啊？妳要不要讓『心裡的魔鬼消失』？」

「怎樣讓它消失？」女兒疑惑地問道。

「妳要不要打個電話給老師，跟她說妳的數學一百分之中，有二十分是偷看同學的，請老師扣掉二十分？」

女兒一聽，很猶豫地說：「我……我不敢。」

「如果妳不敢，那麼『小魔鬼』還是住在妳心裡啊！妳剛剛不是才講，說出來後，

「你把房子搞成這樣，再來懺悔有什麼用？」

心情舒服多了嗎？要不要媽媽幫妳撥電話給老師，妳再自己向老師道歉？」

女兒想了一下，羞怯地點頭；而在她向老師說明和道歉之後，放下電話，興奮地對我說：「媽，我心中的小魔鬼不見了！」

溫馨一得

有時，我們隨便說出一句話，沒想到，那句話卻變成「促使別人犯罪的誘因」；就像本文中的媽媽，爲了鼓勵女兒考一百分，而說出「利誘式」的話，導致女兒爲了一百元獎賞而作弊。

其實，每個人都喜歡「被獎賞」，尤其是小孩，更希望天天有「獎賞」；但是，如果父母給子女太多「條件式、利誘式」的獎賞，可能會使子女變得「十分功利」，甚至誤導他們走入旁門左道。所以，**盧梭在《懺悔錄》中說：「兒童第一步走向邪惡，大抵是由於他那善良的本性，被人引入歧途的緣故。」**

不過，本文中的母親及時發現自己「不自知的盲點」，也鼓勵女兒勇敢面對自己的過錯，讓「心中的小魔鬼消失」；畢竟「知過則改、懂得懺悔」，是永遠不嫌遲的好事，而且，能使我們的心靈「更加平靜、睡得更安穩」。

上課時，英文老師不高興地對阿興說：「你怎麼老愛睡覺?你看，才剛上課，你怎麼就打瞌睡呢?」

阿興一臉懺悔地說：「老師，對不起啦，因爲我上一堂數學課沒睡好。」

呵，以前蕭伯納曾說：「懺悔得太多，也許跟懺悔得太少一樣糟糕!」

別再往前跑了，快回來啊！

機會一錯過，就會有遺憾喲！

等，這個字，會給別人很多「期待」，
但也會給別人很多「失望」；
因為，等你賺夠了錢，
父母可能已經不在了、
兒女可能已經不需要你照顧了……

雖然學校禁止學生抽煙，但秀玫仍然常常和班上女同學一起躲在廁所裡「偷抽煙」。一天，就是那麼不巧，被導師逮個正著；根據該私立高中的校規，抽煙是要被「記大過」的，所以，導師就叫秀玫回家後，請家長隔天到校來談談。

隔天早上，秀玫的奶奶打電話給導師：「何老師啊，我年紀大了，不會坐車，不知道怎麼到你們學校，可不可以我們在電話裡談就好了？我知道阿玫抽煙是不好的啦！」

「那秀玫她爸爸、媽媽呢？」何老師問。

「我兒子人在大陸做生意，媳婦在高雄開一家工廠，他們都不住在台北，所以阿玫從小就都是我一個人在帶……」老奶奶難過地對何老師說：「可不可以拜託老師，可憐一下我們阿玫，不要記她大過？」

後來，在導師的要求下，秀玫的媽，從高雄搭機回台北，趕到學校和導師談女兒「因抽煙即將被記大過」的事。在辦公室裡，秀玫的媽說：「唉，我也是沒辦法，我先生在大陸做生意，我高雄那家工廠也那麼大，我不管理的話，誰管啊？錢放在你面前，也不能不賺啊！」

「可是，妳也不必要每個月都給秀玫三萬塊零用錢啊！」何老師說。

「我賺錢就是爲了阿玫這個獨生女、爲了她的將來啊！我賺的錢不給她用，給誰用啊！」秀玫的媽繼續說：「我和先生也想趕快努力多賺點錢，等過幾年我們賺夠了，就可以收手不賺，在家好好照顧秀玫！」

「李太太，對不起哦，我套句妳剛剛講的話，『錢放在妳面前，妳怎麼可能不去賺？』妳認爲妳過了幾年，就會收手嗎？妳可能不去賺嗎？」何老師直言地說：「到時候，妳可能還會想繼續賺更多錢，來當退休金呢！」

「可……可是，我爲了小孩辛苦賺錢也沒錯啊！」

「好吧，就算過了四、五年，妳能收手，而女兒也順利考上大學，那麼她已經不需要妳照顧了；可是，萬一不順利的話，妳女兒也可能進『少年感化院』了！到時候，妳的錢賺得再多，也已經太晚了，她可能已經走岔了！」

「何老師，妳是怎麼搞的？我女兒只不過抽個煙被妳抓到而已，妳何必講得那麼嚴重、那麼難聽？」秀玫的媽很不高興地說。

「李太太，妳認爲秀玫抽煙、被記大過沒那麼嚴重，她以前考試作弊也被記大過，搞不好，哪一天就被退學了！妳現在不好好地陪她、糾正她，一心一意只想賺錢；等妳錢賺夠了，再想回來照顧她，可能都來不及了，也可能找不到她了！」

「哎呀，我高雄的工廠那麼忙，我怎麼可能常常回台北陪她？她自己不學好，我又有什麼辦法？」秀玫的媽態度堅決地對老師說。

♥

俄國作家托爾斯泰寫過一短篇故事：有個農夫，每天早出晚歸地耕種一小片貧瘠的土地，但收成很少；一位天使可憐農夫的際遇，就對農夫說，只要他能不斷往前跑，所有他跑過的地方，不管多大，則那些土地就全部歸給他。

於是，農夫興奮地向前跑，一直跑、一直不停地跑！他跑累了，想停下來休息，然而，一想到家裡的妻子、兒女，都需要更大的土地來耕作、賺錢啊！所以，他又拚命地再往前跑！

眞的累了，農夫上氣不接下氣，實在跑不動了！可是，農夫又想到將來年紀大，可能乏人照顧、需要錢，就再打起精神，不顧氣喘不已的身子，再奮力向前跑！

最後，他體力不支，「咚——」，倒躺在地上，死了！

♥

的確，人活在世上，必須努力奮鬥；但是，當我們為了自己、為了子女、為了有更好的生活，而不斷地「往前跑」、不斷地「拚命賺錢」時，也必須清楚知道——有時，該是「往回跑的時候了」！

因為，妻子、兒女正眼巴巴地倚著門等你回來啊！

「快往回跑、快回來呀！」你再不「往回跑」，可能大家都再也見不到面了！

溫馨一得

我認識一對情侶，他們從大學開始談戀愛，感情很好。當男孩退伍後，全心全意投入工作；他深知，為了和女友結婚，他必須賺更多的錢來買房子、車子，也準備給未來的小嬰兒有優渥的環境。

等你賺飽了錢，再回頭時，一切都已來不及了！

就這樣，這男生天天加班、忙於工作，兩人的見面機會也減少了，連女友父親過世時，他也只是去上個香而已。一天，女孩打電話給男孩，問他：「你還很忙嗎？」

「對啊，每天都忙死了！」

這時，女孩說：「沒關係，你繼續忙好了，我已經有新男朋友了！」

男孩一聽，立刻放下手邊的事，衝去找女友。見了面，女友說：「你不是非常忙、分不開身嗎？怎麼有空來呢？」

「我這麼忙也是爲了妳啊，對我來說，妳才是最重要的！等我再忙一個月，就可以升經理、薪水就更多了！」男孩說。

這時，女生淡淡地說：「你這句話我聽了很高興，可是，現在已經太晚了，我的青春有限，我沒辦法再『等你賺多一點錢』時，才來陪我！」

「等」這個字，會讓別人充滿很多「期待」，但也會給別人很多「失望」；因為，「等你賺夠了錢」，父母可能已經不在了，兒女可能已經不需要你照顧了，自己也可能已經病倒了、

累垮了……

英國文豪培根說：「機會老人先給你送上他的頭髮，如果你一下子沒抓住，再抓，就只能碰到他的禿頭了！」

的確，不能一直想「等我賺夠了錢」，有時不妨想一想——「該是往回跑的時候了」；否則機會一錯過，就會有終身的遺憾喲！

媽咪，我有八十二個「微笑的臉」！

別用「放大鏡」來找別人的缺點

是的，咱們的父母、子女、兄弟姊妹、朋友、同事……幾乎每個人都在巴望著——

「你也誇誇我嘛，我也有不少優點啊！」

當媽媽很辛苦，尤其是「單親媽媽」，需要付出更多心血、也要承受更大壓力，才能把小孩撫養長大。

我，就是個「單親媽媽」。三年前，因先生有外遇、被我抓到，最後以「離婚」收場。如今，兒子已經七歲，也唸了國小一年級。

說實在，兒子長得蠻可愛的，可是，他的可愛「非常像他父親」，兩個人的臉簡直就是一個模子做出來的；所以，有時看到兒子，我就聯想到那「寡廉鮮恥、沒有人性」的風流老公，心裡不免也會生氣。

平時我在美容院工作，每天從早忙到晚，累死了，我實在沒時間去管小兒子的功課，還好，小兒子的級任老師會在家長聯絡簿上，寫些兒子在學校的表現。同時，老師有兩個橡皮圖章，一個是「微笑的臉」，用來表示孩子在校表現良好、值得稱許；不過，如果孩子在學校不遵守秩序、上課大聲講話、作業忘了寫、或是和其他小朋友吵架……就會被老師蓋一個「哭喪的臉」。

雖然我兒子長得很可愛，但也很頑皮，經常故意捉弄女同學，上課也不專心，寫字更是潦草馬虎。所以，每次他拿聯絡簿給我看時，我就會和他「算帳」——你看看，你又得這麼多個「哭喪的臉」……上課講話、排隊不守秩序、又是和女生吵架、鬥嘴……兒子啊，你乖一點好不好，不要老是跟你爸爸一樣，「只會跟女生糾纏」可不可以？

♥

有一天，我從美容院拖著疲憊的身子回家，一進門，就看見兒子一張紅撲撲的小臉，向我跑過來：「媽咪，妳回來啦！」當時，我好累，我的嘴巴仍然說著那冷冷的老話：「去，去把你的聯絡簿拿來，讓我看看你又得幾個『哭喪的臉』？」

此時，小兒子抱著我的雙腿，撒嬌地說：「媽咪，今天我們一起數一數，這學期我總共得幾個『微笑的臉』好不好？」

小兒子一說完，立刻從書包裡拿出聯絡簿，數一數，這個星期到底有多少個「微笑的臉」？他甚至翻到上星期、上個月、十月、九月……

小兒子低著頭，專心又高興地數著：「三十、三十一……四十五、四十六……五十二、五十三……」聽著兒子興奮的聲音，我的眼眶竟泛出了淚水！是的，兒子，你有好

多好多「微笑的臉」，值得我和你高興地一起細數，我爲什麼要一直反覆挑剔你那爲數不多的「哭喪的臉」呢？

記得上星期，我騎機車載著兒子到外頭買麵包，當天，天空下著毛毛雨，我叫兒子坐在機車後座、不要亂跑，我買完麵包馬上出來。當我付完錢、走出麵包店時，看見小兒子懶洋洋地整個人「趴在機車椅墊上」；我一看，好生氣地大聲罵他：「你趴著幹嘛？坐好，坐要有坐相！」

這時，小兒子挺身坐起，笑著對我說：「媽咪，妳看我多聰明，我趴著，用身體蓋住妳的座位，就不會被雨淋到；妳坐上去，屁股就不會濕、不會冷了！」

兒子啊，我當時眞的好感動！可是媽媽太忙、太累，媽媽「又忘記了」心中的感動，只記得去數你「哭喪的臉」，媽媽很壞對不對？

當我含著淚、望著可愛的兒子時，他天真興奮地抬起頭，告訴我：「媽咪，這學期我總共有『八十二個微笑的臉』！」

那時，我緊緊摟抱住兒子，真心喜悅、滿足地對他說：「媽咪今天加你『十八個微笑的臉』好不好，讓你有『一百個微笑的臉』！」

於是，我在兒子聯絡簿上，畫上「十八個微笑的臉」，並簽上我自己的名字。

溫馨一得

我認識一個太太，結婚多年，常常嫌她先生吃飯「吃不乾淨」，碗裡都會剩下一些飯粒。當然太太有節儉的美德，認爲「誰知盤中飧，粒粒皆辛苦」，怎可把飯粒殘留碗中？可是先生就是「粗線條」，不會細心地把一粒粒米飯吃乾淨。

就這樣，太太常爲此事而生氣，甚至大發脾氣：「你這男人怎麼搞的？這麼沒路用，連飯都不會吃乾淨，還有什麼出息？……」吵到最後，太太覺得先生一無是處，直嚷著要「離婚」！

♥

其實，這先生也有很多優點啊，他沒有不良嗜好、下班準時回家、不拈花惹草、也

「死囝仔，你要把老媽嚇死啊？」

給太太有個安定的家；但是，有些人就常喜歡用「放大鏡」來找別人的缺點，卻用「顯微鏡」來看別人的優點！的確，如果我們常「放大別人缺點」來挑剔他，而不知「放大別人優點」來稱讚他，則日子一定過得不快樂！

想到本文中的小兒子，當媽媽常細數他聯絡簿上有多少「哭喪的臉」時，他的心裡一定很沮喪，或許內心亦在吶喊：「媽咪，妳也誇誇我嘛！」

是的，咱們的父母、子女、兄弟姊妹、朋友、同事……幾乎每個人也都在巴望著——「你也誇誇我嘛，我也有不少優點啊！」

【第3篇】

退後一步，以便跳躍

最漂亮的魚，常潛游於深水底！

別浪費時間，做「無意義的比較」

當「馬怪爾」打出破紀錄的全壘打時，
「蘇沙」也不甘示弱，適時擊出全壘打！
在全世界媒體注目下，
他們兩人的「良性競爭」，
為職棒掀起「全壘打王」對決的最高潮。

報載，南投市有兩位同樣姓許的市民，選舉當天於投票所前巧遇；兩老友在閒聊時，甲市民說，要不是他從事土木包工，經常在烈日下曝曬，以當時中午「攝氏三十五度」的高溫，一般人早就熱昏了！

乙市民一聽，覺得才三十五度而已，有什麼了不起？他也常種田、曬太陽啊！結果兩人都互不服氣，決定「坐在廟前的廣場上曬太陽」，打賭一萬元，看誰曬太陽曬得比較久？

於是，甲、乙兩人各搬了鐵椅子，在廣場中坐下來曬太陽；許多前來投票的民眾，看到他們兩人在日正當中的時刻，竟坐在廣場上「打賭曬太陽」，都覺得不可思議，簡直是「瘋子」！可是，因好奇而來看熱鬧的人，卻愈來愈多。

兩小時後，甲乙兩人「滿臉通紅」，屁股也熱燙得受不了，只好不斷地變換坐姿！雖有好心人送礦泉水給兩人解渴，可是甲乙兩人都已極不舒服，而熬坐在椅子上、或彎著腰喘氣！

當時，有圍觀的人勸他們趕快「結束比賽」，免得曬出病來，但是兩人卻「都不服輸」，堅持一定要「拚到底」，分出勝負才罷休！不久，有人叫來救護車在廣場旁待命，救護車司機聽說有這種「奇怪的比賽」，也興奮地下車看熱鬧。

直到下午快四點，市長前來巡視投票所，看見甲乙兩市民坐在廣場上曬太陽，兩人都露出「難過之神情」；市長問明原委後，即勸他們握手言和——幹嘛呀，何必堅持打賭「誰曬太陽曬得久」？後來，兩人才被友人攙扶著離去！

♥

也有兩個男高中生，因細故而吵起來。盧仔以髒話罵了小李，小李當然以「髒話」回罵、反擊；後來，他們兩人乾脆「比賽說髒話」，看誰「罵的髒話多」？

盧仔和小李，一人罵一句，愈罵愈兇！不過他們還蠻有風度，「只動口、不動手！」國語髒話罵完了，換罵台語；台語髒話罵完，又換罵英語！可是，盧仔英語髒話的單字一時忘記了，趕快「翻字典」，連「漢英字典」都搬出來查。後來，連日語也都拿出來罵！

真的，可以罵的髒話都「絞盡腦汁罵光」了，盧仔心想，兩人都已「辭窮」了，大概「不分勝負」；可是，那混蛋小李，居然又「咕嚕卡利巴拉……」地罵一些聽不懂的鳥話，而且居然大言不慚地說，那是「蒙古」、「西藏」的髒話。

「喂，他媽的，你不要欺負我聽不懂那些話！我怎麼知道你罵那些話是眞的、還是假的？」盧仔不服氣地說。

「當然是眞的髒話啊！你幹嘛不相信我的人格？」小李說。

「我就是不相信！一個會講那麼多髒話的人，哪有什麼人格？」盧仔臭著臉說。

「那你也會講髒話啊！」小李反擊說。

「對啊，我是沒什麼人格啊！」盧仔說。

♥

前不久，各媒體都大肆報導，美國職棒出現兩位「全壘打王」，他們都打破「單一球季擊出六十一支全壘打」的舊紀錄。當聖路易紅雀隊的「馬怪爾」擊出破紀錄的全壘打時，芝加哥小熊隊的「蘇沙」也不甘示弱，適時地擊出全壘打！在全世界媒體注目下，他們兩人的「良性競爭」，爲職棒掀起「全壘打王」對決的最高潮。

雖然「馬怪爾」和「蘇沙」都是超級巨星，但他們都十分謙卑地「相互推崇」。蘇沙說，馬怪爾才是眞正的「全壘打王」，因馬怪爾擊出的全壘打，都是又高又遠，力道十分強勁，有時甚至飛出球場；而他自己的全壘打，常只是飛過全壘打牆而已。

可是，馬怪爾卻說，蘇沙才是眞正的「全壘打王」，因爲蘇沙的全壘打，多半是致勝的關鍵，也使球隊「反敗爲勝」；而他自己的全壘打，大多是球隊「贏很多」或「輸很多」時擊出的，對戰局而言，並沒有多大影響……

我常在想，比賽「曬太陽」幹嘛？比賽「罵髒話」幹嘛？像「馬怪爾」和「蘇沙」，要比，就讓自己成為全世界矚目的「全壘打王」，既謙卑、又風光呀！

＊溫馨一得＊

曾有人問：「人類何時開始有第一次的選美？」

答案是：「自從地球出現兩個女人時。」

也有一個太太，回家後不太愉快地告訴丈夫：「氣死人了，今天我發現隔壁那個三

讓**戴晨志**老師喜怒哀樂的作品，陪伴您一起歡笑、成長。

寄回本卡，您將可獲得戴老師的最新出版訊息。

◎編號：CL0024　　書名：**讓愛飛進你的心**

姓名：

生日：　　年　　月　　日　　性別：□男　□女

學歷：□1.小學　□2.國中　□3.高中　□4.大專　□5.研究所（含以上）

職業：□1.學生　□2.公務（含軍警）　□3.家管　□4.服務　□5.金融

□6.製造　□7.資訊　□8.大眾傳播　□9.自由業　□10.退休

□11.其他 ____________

地址：□□□ ____________

____

E-Mail：____________

電話：(O)　　(H)　　(手機)

您是在何處購得本書：

□1.書店　□2.郵購　□3.網路　□4.書展　□5.贈閱　□6.其他

您是從何處得知本書訊息：

□1.書店　□2.報紙廣告　□3.報紙專欄　□4.網路資訊　□5.雜誌廣告

□6.電視節目　□7. 廣播節目　□8.DM廣告傳單　□9.親友介紹

□10.書評　□11.其他 ____________

請寫下閱讀本書的心得、建議或想對戴老師說的話：

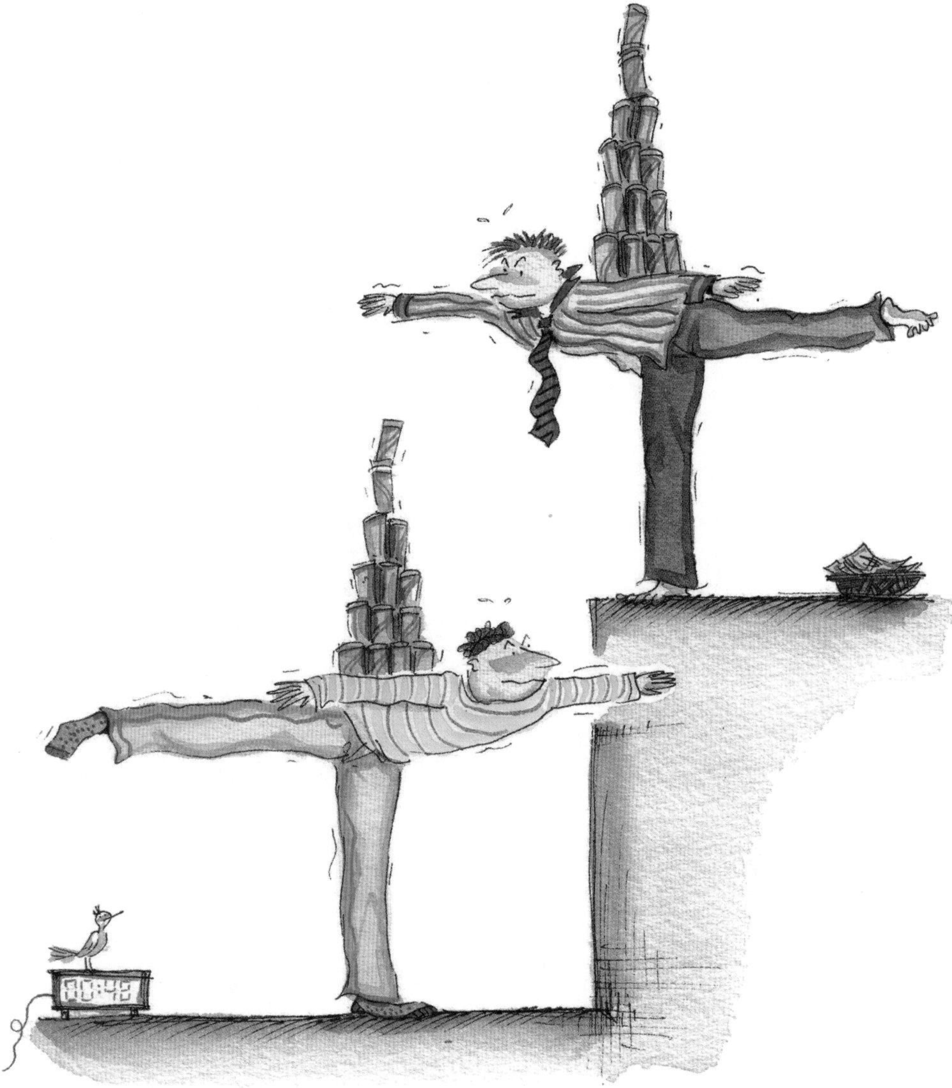

別鬧了，你們有夠無聊的，在搞什麼鬼呀？

八女人，居然穿一件跟我一模一樣的洋裝，噢，真是有夠丟臉！」

「唉呀，沒關係啦，別生氣了！」老公溫柔體貼地問太太：「妳是不是想再買一套新的？」

「廢話，這總比搬家便宜吧！」太太氣呼呼地說。

❤

人常爲了「面子」、爲了「輸人不輸陣」，而比較誰的鑽戒大？誰的衣服漂亮？誰的收入多？誰的房子豪華？然而，若將時間、精力，放在「無意義的比較」上，人就會過得很「沒意義」。

其實，無謂的比較，經常是「虛榮心」在作祟，也是很不值錢、很膚淺的！

且讓我們記得——「最漂亮的魚，常潛游於深水底！」

「一分之差」可能改變一生喲！

鐵鍊的力量，繫乎於「其最脆弱的一環」

其實，聯考差一兩分落榜，
或老闆決定不錄用你，
都沒有人會告訴你「錯在哪裡」？
說難聽一點，「連自己怎麼死的都不知道」！
所以，人最可悲的是——
根本不知道「自己的過」在哪裡呀！

以前在私立大學裡教書時，我經常感慨現在的大學生，寫作能力愈來愈差；當我發回學生的報告或考卷時，常搖頭地對學生說：「怎麼錯字一大堆？」「怎麼寫文章不會分段、全部都用逗點？」……

「哎呀，老師，錯個字有什麼關係？以後我們都是用電腦打字，就不會寫錯字，沒關係啦！」一個調皮的男生大聲回答。

「怎麼會沒關係呢？」我告訴學生們說：「想想你們在大學聯考時，如果作文寫錯一個字，被一位治學嚴謹的國文老師『扣一分』；這一分，很可能就使你原本可以考上『國立大學』，變成『私立大學』，或是原來可以考上『私立大學』，變成『落榜』，而沒有學校可唸！」

我繼續說道：「你們都知道，國立大學學費便宜，一學期一萬多元，四年學費加起來，不到十萬元；可是像你們唸私立大學，一學期要繳五、六萬元，四年下來，學費至少要繳五十萬元！……你們想想看，『國立』和『私立』大學學費相差四十多萬元，爸媽都可以買一輛小轎車送給你們了……」

說到這裡，兩三個女生不斷地點頭，表示同意。我又說：

「其實，能考上私立大學也不錯啦！萬一，因一分之差而『名落孫山』，那可就更嘔了！你必須到補習班準備重考，這麼一來，一年學費十多萬，加上生活費、住宿費、交通費……一年恐怕也要花掉父母二十多萬；而且，這除了耽誤一年時間不說之外，第二年聯考也還不一定考得上呢！」

本來，我沒想到會發牢騷、講這麼多，可是看到同學都靜默、專注地聽我說，讓我又滔滔不絕地講下去：「有些錯字，明明可以馬上改正錯誤卻不改，這對女孩子來講，影響可就更大了！」

「老師，你有性別歧視哦，這跟男女生有什麼關係？」一女生插嘴問道。

「怎麼沒關係？本來妳可以交個『唸大學』的男朋友，可是，假如『一分之差』而落榜，交到『唸大學男友』的機會就會降低！所以，本來妳可能嫁給一個斯文的大學生，但因『差一分』沒考上大學，而且運氣又很背，最後嫁給一個愛喝酒、或做工的，一回到家，喝醉酒，把妳毒打一頓，這不是『一分之差』，就可能改變妳的一生嗎？」

「可是，我如果嫁給大學生，也可能被他打呀！」一女生回嘴說。

「話是沒錯啦，我只是隨便比喻而已啦，唸碩士、博士，『打人』或『被人打』，也都是有啦！我只是說，不要輕看一個『錯字或標點符號』，因它可能影響你的一生！」

唉，「人之患，在好為人師」，可是不把心中的話說出來，我就如鯁在喉、不吐不快啊——「你們想想看，當你去應徵工作、考筆試時，如果寫錯幾個字，老闆會認為，你連簡單的字都不會寫，因循苟且、做事不小心，就決定不錄取你，那你不就倒楣死了？……」

這時，又有一男生說道：「老師啊，你因為我們寫了幾個錯字，就把我們訓了半堂課……我願意改，可不可以請你不要再講了？」

在全班同學一陣大笑之後，我緩緩地說：「我好意提醒你們，你們還嫌我囉嗦、嘮叨？……唉，**其實，聯考差一兩分落榜，或老闆不錄用你，都沒有人會告訴你『錯在哪裡』？說難聽一點，『你連自己怎麼死的都不知道』！古人說，人要懂得『不二過』、**

『不重蹈覆轍』，可是，要小心，因為人最可悲的是——根本不知道『自己的過』在哪裡呀！」

溫馨一得

一條鐵鍊的力量有多大，完全繫乎於其中「最脆弱的一環」！如果最脆弱的一個環節斷掉了，鐵鍊的力量也就消失了！

有時，人的小小缺點、或壞習慣，如果不及時加以改正，也可能變成一生中「最大的致命傷」。就像小病不醫，就會變大病；大病不醫，就會變霍去病（作古了）！所以，我們都知道，「勿以惡小而爲之」，一、兩個錯字，也可能使一人不被錄取，而改變一生命運啊！

曾聽別人說：「小李這個人啊，沒什麼大毛病啦，可是小缺點一堆！」或許有些人認爲小缺點、小毛病沒關係，可是卻會造成別人的「負面評價」。因此，有時「小題大作」也是對自己必要的提醒，千萬別爲了面子，而反擊別人「錯一個字有什麼關係？你

鐵鍊的力量有多大，繫乎於它「最脆弱的一環」！

幹嘛小題大作、老是愛挑剔別人」？

說來也真是奇怪，當我們「為自己的錯誤辯護」時，總是臉紅脖子粗，而所用的力氣，

常比我們「捍衛正確」時還來得大呢！

「兒子啊，淺耕等於歉收啊！」

「小材大用、深入耕犁」的人生哲學

有挑戰性、有升遷機會的工作，
你有本事嗎？條件夠嗎？老闆願意用你嗎？
一頂很大的帽子，你適合戴嗎？
會不會大帽子往頭上一戴，
你的眼睛、鼻子、嘴巴「都被遮住了」，
看不見前面、也不能呼吸、跌跌撞撞……

小柯從美國唸完碩士後，回國進入一家電腦公司工作。一天，經理拿一些資料給他說：「這是別部門的文件，你影印兩份，一份你留著自己看，另一份給我。」

小柯坐在椅子上翻了翻，也發呆了一下，然後問旁邊的女同事說：「請問，影印小妹是哪一位？」「什麼影印小妹？」「我有東西要影印，不是都會有影印小妹來幫我們印嗎？」「沒有啊，我們公司都是要自己印。」

「啊？我唸到碩士，來這裡還要自己影印哦？」小柯說。

「這也沒什麼啊，我們公司很多電腦工程師，唸到博士，也都要自己印啊！」女同事白小柯一眼說道。

「唉，這家公司真的很沒制度耶！薪水不高，工作時間又長，上班一點情趣都沒有；連影印這種事，都還要我們碩士、博士自己印，多浪費時間啊，真沒效率！」小柯不悅地說。

另有一擔任經理的女性朋友告訴我，有一次，她把秘書叫進來，委婉地告訴她：

「小莉啊，妳這樣整理文件檔案，我找不到啊！」

「經理，可是我找得到啊！」女秘書回答。

「妳是來幫我整理東西，就應該按照我的方式去整理、歸類。」

沒想到女秘書又說：「可是，如果按照經理妳的方法，我找不到啊！」

「這些資料是我在用，妳要以我的方式爲主啊！」

「可是資料是我在整理，當然是按照我的方式來整理，只要我能找到就好啦！」小莉振振有詞地說。

這時，女經理火了，說：「妳是我的秘書耶，是來幫我做事的，妳就必須按照我的方法來做，不是按照妳的方法……」「可是，經理，妳這種方式明明不對啊！我做過很多家公司的秘書了，我很清楚，妳這樣不對！」「我不管妳的方法對不對，我只要我覺得方便、好用就好了，這種事沒有對錯……」女經理大聲說道。

「好啊，如果妳要按照妳的方式，那妳自己整理嘛，我不做總可以吧！」小莉火氣也很大，把資料文件往桌上用力一甩，掉頭就走，離職了。

「兒子啊，淺耕等於歉收，可是，你也不必挖那麼深啊！」

我曾有機會到一家大倉儲公司去拜訪朋友，也接受該公司高層的熱烈款待。在晚餐時，一位副總經理聊到員工的做事態度，他說：

「戴老師啊，我沒唸什麼書，是個粗人，都是靠勞力來混飯吃，不像你們唸到博士，又能寫那麼多書給讀者看，眞了不起，來，我敬您……」

副總喝了一杯酒之後，又說：「不過，我想在戴老師面前獻醜一句話，不知道可不可以？」

「不敢、不敢，我洗耳恭聽！」我說。

「以前我剛出來社會工作時，我媽就叮嚀我說：兒子啊，以後不管你到哪裡、做什麼工作，你都不能當自己是『大材小用』，你必須秉持著『小材大用』的態度，虛心學習，四處請教，才會成功！工作時，只要自己覺得『小材大用』，對老闆心存感激，也不斷地請教別人，別人就會喜歡你！」副總經理很誠懇地對我說：「我在倉儲公司，從小弟做起，一待就是二十五年，到現在，我都還記得我媽媽的這句話，一定要覺得自己

『小材大用』……」

那餐飯，我眞的「飽足」啊！不只是因爲菜餚豐盛，而是看到兒子因牢牢記住媽媽一句「小材大用」的話，終生力行，以致事業輝煌有成！

溫馨一得

曾聽到一個朋友自怨自艾地說：「唉，我這個工作很輕鬆、很穩定啦，可是沒什麼挑戰性、也沒什麼升遷的機會！」

其實，工作有沒有「挑戰性」或「升遷機會」，完全看個人的努力啊！想想，若有挑戰性、有升遷機會的工作，你有本事嗎？你條件夠嗎？老闆願意用你、提拔你嗎？一頂很大的帽子，你適合戴、可以戴嗎？會不會大帽子往頭上一戴，你的眼睛、鼻子、嘴巴「都被遮住了」，看不見前面、也不能呼吸，最後跌跌撞撞、鼻青臉腫？

一個人若不能謙卑地學習，甚至常自以為「懷才不遇」或「大材小用」，而不斷地埋怨別人、埋怨老闆，則工作一定很不順遂，心情也會很不快樂！

有一個美國農夫告訴兒子：「在鐵耙子隨便搔一下的田地裡種玉米，它也會長出來，但它的根若不能鑽進尖硬的土地裡，不久就會衰殘、枯竭而死！所以，兒子啊，『淺耕』可以說等於『歉收』啊！」

是的，「淺耕等於歉收」！一個想戴大帽子，卻不懂認清本份、也不願努力深耕的人，就會像「淺土上的玉米」一樣歉收。

相反地，唯有自認「小材大用」、隨時謙卑地請教他人，而踏實地「深入耕犁」的人，才會有豐收的歡笑啊！

把驕傲「槍斃」，人就變「謙卑」了！

他成功，是因為「幸虧沒有人捧我」

「你不要以為建中畢業有什麼了不起？
建中畢業，
跟所有私立高中、高職的學歷是一樣的！
現在你最好乖乖聽我的話，
你敢再耍大牌、再看不起同僚的話，
我就讓你好看，『讓你進得來、出不去！』」

志偉這孩子很聰明，唸國小、國中時，功課都是前兩名，美術、書法、演講等各項比賽，也都是名列前茅；後來，他也如願地考上第一名校——建國中學。志偉的家境很好，爸媽也都很關心他，可是在高三那年，志偉變得貪玩，以致在大學聯考中，只考上「中央大學」。

看到昔日在建中時成績比他差的同學，都考上台大、清大、交大，志偉眞是氣憤不已，也覺得顏面無光；於是，他決定隔年重考。

「你先去中央大學註冊，再辦休學，這樣萬一明年考不好，還有學校唸啊！」爸媽苦口婆心地勸志偉。

「你們幹嘛瞧不起我？我明年隨便考也一定會比中央好啊！我才不去註冊，中央這種學校，就算我明年沒考上，也不會去唸！」志偉自信滿滿地向爸媽大聲說道。

在志偉的堅持下，他放棄中央大學的入學資格，而進了補習班，準備重考。當他看到老師從最基本教起，而其他同學還低頭猛抄筆記時，嘆氣地說道：「有夠受不了，眞是白癡啊，這麼簡單的東西還要猛抄筆記，遜斃了！」

在家裡，爸媽也勸他多用功，別又大意失荊州，可是志偉說：「急什麼嘛，距離聯考還有兩百多天，有什麼好緊張的？你們放心好了，我一定會考上台大的！」

♥

隔年聯考放榜，志偉意外地「名落孫山」，連一個學校都沒考上，只好當兵去了。就那麼湊巧，連上的排長，竟是志偉過去「建中的學長」。這下好了，日子可以過得舒服些了！沒料到，有一天，學長排長竟叫他和其他大頭兵一起打掃廁所！

「學長啊，掃廁所這種工作，你幹嘛也叫我去啊？你這不是故意整我嗎？」志偉不平地說：「我們都是建中畢業的耶，你別忘了，以前在建中時，打橋牌，你還是我的手下敗將！」

「是你手下敗將又怎麼樣？我大學畢業、當預官排長，我就必須一視同仁！你不要以爲建中畢業有什麼了不起？建中畢業，跟所有私立高中、高職的學歷是一樣的！」排長很嚴肅地說：「現在你最好乖乖地聽我的話，你敢再耍大牌、再看不起同僚的話，我就讓你好看，讓你『進得來、出不去』！」

志偉原以爲當排長的學長會「罩他」，沒想到，學長竟然如此不留情面，讓他當兵也沒什麼好日子可以混。好不容易熬到退伍後，志偉再度重考大學，奈何又再次落榜，最後只好考三專，唸了「台北工專夜間部」。

民國二、三十年代，中國有一位宋尚節博士，曾來台灣傳福音、佈道。早年，當宋尚節在美國獲博士學位、搭輪船返回上海時，將他辛苦獲得的「美國大學博士文憑」丟入了大海！他覺得，「人的靈魂」比文憑、學位更重要，因此他全心投入「傳播基督教福音」的工作。

有一次，宋尚節博士在美國證道時，提到了「謙卑」兩字，但因他的鄉音太重，翻譯人員誤聽了，而翻譯成「槍斃」。**宋博士聽到以後，笑笑對翻譯人員說：「應該是『謙卑』，不是『槍斃』！……不過，好像翻成『槍斃』也可以，因為，把驕傲的自我『槍斃』了，人自然就會變『謙卑』了！」**

「人的靈魂」比文憑、學位更重要，我的小學畢業證書和帽子都不要了！嘻！

溫馨一得

張義雄先生是一位享譽國際的油畫家，當他在台北市立美術館舉辦八十歲回顧展時，應邀上台發表感言，他說：**「我貌不出衆，家世也不顯赫，所以從年輕時，就沒什麼人特別注意我、捧我。我一直默默努力、耕耘，能有今天的成績，應該說，『幸虧沒有人捧我』，而使我從來沒有機會養成一種驕氣……處在種種不如意的環境，使我深深明白，若要成功，只有『努力』一條路！」**

是的，「幸虧沒有人捧我」——張義雄先生的一句話，震懾我心；正因「幸虧沒有人捧」，使張先生更加謙卑、也沒機會養成驕氣，而在逆境中不斷努力，最後才能成為享譽國際的油畫家。假如他少年得志，經常是媒體聚光焦點、天天有人吹捧，則他的「創作力」可能早就腐蝕掉了！

聖經上說：「凡自高的，必降為卑；自卑的，必升為高。」

的確，人要記得「槍斃驕傲的自我」，否則，「驕傲來，羞恥也會跟著來！」

「鬼混」為成功之本？

上班守則：「一公司不容二混」

有時，我們十分羨慕別人的功成名就，
常覺得別人「機運好、很幸運、祖上積德」；
但我們卻沒看見，他們一天之中，
可能有二十小時都在拚命揮汗工作，
也曾經度過「有一餐沒一餐」的痛苦歲月！

前不久，和一個電腦公司的經理聊天時，他提到：「我最近把一個業務員Fire（解聘）掉了！」

「啊？你這麼狠啊，眞的把人家Fire掉啊！」我說。

「其實，我也不是眞的Fire他，而是故意訂一些比較高的標準，讓他達不到。」這經理一副主管的模樣說道：「不過，我還是很仁慈地給他一個月的時間去達到業績目標；可是他一看，就知道做不到，所以就開始找其他工作。事實上，他能力蠻不錯的，所以一個月一到，他就找到新工作，也向我辭職了！」

我聽了，有點不解，問道：「你既然說他能力不錯，幹嘛還要Fire他？」

「因爲他太混了！」經理不加思索地回答。

「可是，我看你也很混啊，以前你不是常說『鬼混爲成功之本』嗎？你哪有什麼資格去Fire人家？」我故意開玩笑地說。

「對，這話你問得非常對！不錯，我也是『非常混』，但是，一個公司只能容許『一個非常混的人』，而那個人『就是我，不是他』啊！因爲我的職位比他高，如果我不

「鬼混為成功之本？哼，你等著瞧吧？」

Fire他，上面可能就會來Fire我呀！所以，我只好先找他開刀，讓上面的長官認爲——哦，原來不是你很混，而是你下面的人很混！」

這經理振振有詞地說著「一公司不容二混」的理論，聽起來也眞是叫人折服；而話匣子一開，他欲罷不能地繼續說道：

「說眞的，這業務員能力是不錯，可是做事老想摸魚、不夠踏實！他要搞清楚，我在像他這個年齡的時候，可是很努力、很拚命的啊！我是爬到『經理』的位子時，才開始敢混啊！以前我幹小業務員時，白天都很努力拜訪客戶，到處碰壁，常常搞得灰頭土臉。有時候，晚上還要自己掏腰包請客戶吃飯、拉關係；應酬完了，又得趕回公司整理資料、報告，一天常常工作十五、六個小時……那像現在的年輕人，動不動就搬出什麼『勞基法』，一下子要加薪，一下子又要週休二日，唉！」

「對啊，要混也要看『有沒有本事、有沒有實力』？眞正高段的人，是要『混到不會出事』，而且還能像你一樣，混到有人願意來『高薪挖角』！」我故意開玩笑，糗一下這經理。

「是啊，要想混，就要有本錢、有料子，才能混啊！」這經理又說：「現在很多年輕人找工作，就想『錢多、事少、離家近』；而且常羨慕老闆，每天開著高級進口轎車、有司機接送，一下子上俱樂部、一下子又去打高爾夫球……可是，你要想，人家當老闆之前是多麼努力、拚命奮鬥啊！不能光看老闆每天很輕鬆，所以要求自己的工作也要很輕鬆、可以混啊！」

♥

的確，一個喪失財富的人損失很大，但是一個喪失「奮鬥勇氣」、只想「輕鬆摸魚」的人，便什麼都完了！

因為，正如老舍先生所說：「沒有努力，天才或許反是個禍害。」

溫馨一得

美國作家岱羅（Clarence Darrow）在世時，曾有許多膾炙人口的作品，但他最高的成就是在律師界所締造，他也可能是當時薪水最高的律師。

岱羅工作時，精力充沛，經常忙到三更半夜；白天上班時，也是蓬頭散髮、西裝有著許多皺褶。後來，有記者問他，爲什麼穿著如此散亂？岱羅回答說：「我的西裝料子是最好的，裁縫手工也是一流的；我和你們唯一的不同是——我沒時間脱掉西裝睡覺。」

❤

有時，我們十分羨慕別人的功成名就，常覺得別人「機運好」、「很幸運」、或是「祖上積德」；但我們卻沒看見，他們一天之中，可能有二十小時在拚命揮汗工作，而且，也曾經度過「有一餐沒一餐」的痛苦歲月！

我們好渴望坐進口轎車、打高爾夫球、遊山玩水……但，成功豈是天上掉下來的？走鋼索的雜技演員，不也常在苦練時，從鋼索上摔下來？

「鬼混為成功之本」？不，克服自己的懶惰、積極實踐，才是成功之本！

撒旦高興時，也是很善良的！

「人可以好心，卻不能好騙」

真的，到了現在，
世界上都還沒有一種方法，
可以從一個人臉上探察出他的「居心」；
有些人外表老實，
卻隱藏著一顆「魔鬼般詭詐的心」啊！

在美國威斯康辛州米爾瓦基市（Milwaukee）唸碩士學位時的情景，至今仍令我難忘，因那個城市，一年中幾乎有五個月都在「下雪」！對咱們台灣留學生而言，下雪雖是難得的奇景，但待久了，反而覺得酷寒、難受無比。

有時，我頂著零下十來度的低溫，戴著帽、縮著頭，穿過光禿禿的楓樹林，快步衝跑到教室上課時，就會想起以前聽過的一則故事：

某一寒冬，有個趕路的人，錯過了客棧旅店，天黑時只好在一個楓樹林旁露宿過夜。在寒冷的夜裡，趕路人撿拾了許多樹枝、木柴，也升起火來取暖。

隔天清晨、天亮了，趕路人匆忙上路，留下一些尚未熄滅的「零星柴火」。時間一分一秒過去，半小時了，焦黑餘燼中的火苗兒愈來愈小，即將熄滅……可是小火苗不願罷休，它為了延續自己的性命、突破困境，就對旁邊的小楓樹說：

「親愛的小楓樹啊，你好可憐哦，你的命運怎麼如此悲慘？你看你，身上光禿禿的，連一片葉子也沒有，赤身露體地一直站在雪地裡！哎喲，我看了都為你感到難過、痛心喲！」

「對啊，我快冷死了！」小楓樹發抖地說：「都是這個鬼冬天，什麼寒流來襲、天天下雪，害得我葉子都長不出來，只能光著身子呆站在這裡！」

「是啊，我就說嘛，你眞的好可憐哦！」小火苗看機會來了，就繼續和小楓樹搭腔：「這樣好不好，我們來交個朋友，我一定可以幫你忙！我是太陽的小表弟，雖然我沒辦法照耀大地，但在冬天裡，我比它還神通廣大、還更能給你溫暖！」

「眞的嗎？」小楓樹懷疑地問道。

「那還用說嗎？你看，太陽雖然那麼大，整天綻放光芒，可是，你放眼望去，一片茫茫冰雪還是一樣沒有融化啊，所以你才會冷得一直發抖！」小火苗兒對小楓樹說：「可是，只要冰雪稍微地靠近我一下，哈，保證它一定馬上融化掉！所以啊，只要我們當好朋友，你讓我和你一起擁抱，那你一定可以和春天、夏天一樣，身旁沒有惱人的冰雪，身上也就會有翠綠、茂盛的樹葉！」

小楓樹想一想，有點猶豫，但還是點頭，說：「好吧！」

於是，小火苗就趁著風勢，輕輕地鑽入小楓樹的腳趾——這時，小火苗逐漸變成

「紅紅的火舌」，火舌又慢慢形成「火焰」，越燒越大。在風勢的助長下，只聽見小楓樹身上「噼哩啪啦」一直響；最後，小火焰變成「熊熊火焰」，不斷地往樹梢猛竄，濃濃的黑煙也直衝雲霄！

沒多久，猛烈的火勢就把楓樹林全部「燒得精光」！而這片以前夏天樹葉茂密、路人可乘涼的楓樹林，轉眼間，就被燒成一片灰燼！

♥

知道嗎，「撒旦高興時，也是很善良的」！

真的，到了現在，世界上都還沒有一種方法，可以從一個人的臉上探察出他的「居心」為何？有些人外表老實，卻隱藏著一顆「魔鬼般詭詐的心」啊！

可是，話說回來——「樹木」怎麼可以和「火苗」做朋友呢？不能結交的朋友，若還硬要跟他來往，「悲慘的後果」自然是要自己負責呀！

所以，委託「貪婪的人」保管財物，當然是會吃虧上當的！

小心啊，人可以好心，卻不能好騙呀！

溫馨一得

魯迅在《花邊文學‧水性》中說：**「火能燒死人，水也能淹死人，但水的模樣柔和，好像容易親近，因而也容易上當……」**

的確，凡是帶有「欺騙性」的東西，常會有一股「魔術般的迷惑」，使人神魂顛倒；就像本篇故事中的小楓樹一樣，因「太相信別人」，也未察覺出「他人詭詐之心」，最後害到的不僅是自己，而且是一大片楓樹林。

眞的，**「人可以善良，卻不能無知；人可以好心，卻不能好騙！」**多少女孩，被男人的甜言蜜語騙得團團轉，不僅「丟財」又「失身」；多少老婦被金光黨的花言巧語所迷惑，以致傾家蕩產、哭訴無門。所以，「利令智昏」這句話眞是萬世警語啊！

說真的，沒有人有義務對另一個人「百般地討好」，除非他有目的、有企圖！因此，當一個人「一臉和善、無緣無故地對你好」時，必須特別小心，因為，每個人在「被討好、被奉承」時，也是「最容易喪失警覺性」的時候。

【第4篇】

讓愛的薰風，吹拂你我

快來看「百年難得一見」的牙齒！

取笑他人，不惟喪德，亦足喪身

當紗布一打開，
腐臭味逼得在旁的護士，
摀著嘴跑到診療室外嘔吐；
但傅德蘭醫師卻眉頭未皺一下，
反而抬起病人的腳，放在鼻子前面，
仔細地端詳，研究其病情……

一天，我到牙科洗牙，陳牙醫師一邊洗，一邊對我說：「嗯，不錯，你的牙齒長得蠻好的，你保養得很好！」

「還好啦，是我爸媽把我的牙齒生得好！可是，我太太的牙齒就蛀牙好幾顆。噢，對了，請問您，蛀牙很多會不會遺傳給小孩啊？」我問陳醫師。

「不會啦，牙齒蛀牙，不是天生的問題，而是後天保養不好，所以不會遺傳。會遺傳的只有一種，叫做『琺瑯質剝落』，這種病，會使牙齒外層的琺瑯質一直剝落，牙齒會變得愈來愈小，最後每一顆牙齒，看起來都黑黑、小小的。」這時，陳醫師笑著說道：「這種病人啊，是我們牙醫的最愛！」

「最愛？為什麼呢？」我不解地問。

「因為遺傳這種病，牙齒都黑黑、小小的，很難看啊，所以全部都要『做假牙』，這樣就可以賺很多錢啊！」

「這種病例多不多？」我好奇地問道。

「很少，真的很少！以前唸醫學院或當實習醫生時，我從未看過，只有在醫學課本上看過。不過，後來我到大醫院當牙科主任時，終於碰到了這種病例！」

❤

陳醫師回憶說，那天，當他看診遇到這男病人時，他眞的好興奮，因爲他從來沒有眞正看過「琺瑯質剝落」的病人。所以，他立刻叫手下所有的牙醫師統統過來，對他們說：「你們看，這就是琺瑯質剝落的牙齒！……趕快去拿照相機來拍，這種病例眞是百年難得一見，趕快拍下來、要做存檔！」

當時，每位牙醫師都很高興，有的也拿醫學課本出來比對：「哦，遺—傳—性—琺—瑯—質—剝—落—就是長這樣子哦！眞的很像耶，好奇怪哦！」

就這樣，每位牙醫都好奇地圍了過來，也要求病患張開嘴，仔細地端詳、研究一下；而沒來當班的牙醫，後來聽說「錯失良機」後，都捶胸扼腕、沮喪不已。

當然，對這特殊的病患，陳醫師後續就耐心地幫他裝好假牙，替他治好了。

❤

半年後，陳醫師又遇到一女孩來看牙齒，她竟然也是「琺瑯質剝落」；一問之下，才知道是上次那男病患的親妹妹。

哇，這次大家又好高興，所以陳醫師又把全部的牙醫師召集過來「觀摩」，也當眾說道——「這眞是難得的臨床經驗啊，你們要仔細看清楚哦，這種病例可是『百年難得一見』的哦！」

女病患躺在看診的椅子上，牙醫師一個個走過來，要她張開嘴巴「啊——啊——」，然後察看每顆都是「黑黑小小、形狀難看的牙齒」；有些看完後，還轉頭掩嘴竊笑地對其他牙醫說：「好了，換你看，嘻……好好玩！」

當天，陳醫師幫這女孩治療後，看到她緩緩起身，閃著淚水，離開診療室。

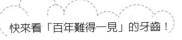

「後來……」陳醫師內疚、遺憾地對我說：「她再也沒有回來裝假牙了！」

＊溫馨一得＊

屏東基督教醫院有位挪威籍的傅德蘭醫師，曾獲我國頒發「醫療奉獻獎」。有一次，傅德蘭醫師在診治一名腳部潰爛的病患時，當紗布一打開，腐臭味逼得在旁的護

「對病人不能失禮，那會傷害到病人的自尊！」

士，摀著嘴跑到診療室外嘔吐；但傅德蘭醫師卻眉頭未皺一下，反而抬起病人的腳，放在鼻子前面，仔細地端詳、研究其病情。

事後，傅德蘭醫師提醒護士：「不可以對病人失禮，那會傷害到病人的自尊。」

♥

是的，「醫者父母心」，假如我們是病人的父母，我們會嘲笑孩子的牙齒「小小、黑黑的」嗎？我們會覺得孩子的腳「臭得受不了」嗎？

有時，我們對別人的缺陷（如太胖、太瘦、太矮、禿頭、其貌不揚……）而忍不住地想笑；卻沒想到，那可能是他「心中最大的痛」啊！因此，取笑他人缺陷，常是一種「輕薄」，不惟喪德，嚴重者，亦足喪身呀！

一股電流，從她身上流過！

罵人的話—想著說；誇人的話—搶著說

心死的女人，走在街上，
一片茫然，沒有目標。
心，好灰暗，站在天橋上，好想往下跳！
老闆以前不是很欣賞我嗎？
男友以前不是無所不用其極地追求我嗎？
怎麼現在……

冬日，雖有陽光，可是走在街頭，依琳卻是心頭亂糟糟。剛才與老闆意見嚴重不合，心灰意冷，已遞上辭呈；打行動電話給已論及婚嫁的男友訴苦，他卻老是關機、找不到人。

依琳突然想到，乾脆徒步，走到男友的辦公室找他。他很忙，但見個面，講兩三分鐘的話總可以吧！於是，依琳茫茫然地走了一個多小時，到達男友的辦公大樓。她想：一點半了，男友也該回辦公室上班了。

咦？迎面走來的不就是男友嗎？天哪，他竟然摟著女同事的腰，有說有笑、極親密地走過來。依琳看得傻住了！而男友一看到她，趕緊把摟著別的女人的手放開。

沒有爭吵、沒有大罵，這一幕，已證明了一切！依琳沒掉淚，只是像個陌生人，從男友身旁冷冷走過。

她，頭沒回；而男友，也沒追、沒叫。很平靜，像沒事、水波不興。

♥

心死的女人，走在街上，一片茫然，沒有目標。心，好灰暗，站在天橋上，好想往下跳——爲什麼大家都不要我了？老闆以前不是很欣賞我嗎？可是卻沒慰留我！男友以前不是無所不用其極地追求我嗎？現在卻又另結新歡！這是什麼世界啊？

像失魂的野鬼，依琳在街頭遊遊蕩蕩，紅燈也不管了，要是能被撞死最好，老媽還可以領到她的「保險理賠金」。

走到一巷口，依琳聽到宏亮的吆喝聲。抬頭一看，是賣水果的男攤販，正賣力、忙碌地叫著：「來喔，來喔，柳丁又大又甜哦……」

冬天的陽光是蠻暖和的，柳丁也被照得金黃發亮，可是我的心爲什麼卻如此地「冰冷」？大家都不要我了，我活著還有什麼意思？依琳心裡想著，眼前要是有淡水河，我一定跳下去了！

「小姐，來買柳丁哦！今天的柳丁又大又甜，很漂亮哦！」攤販又大聲吆喝著。

依琳平常就喜歡吃柳丁，聽攤販這麼一說，就無主地走了過去。她順手挑一挑，說道：「漂亮是漂亮，可是不知道好不好吃？」

「好吃、好吃，當然好吃！像妳這麼漂亮的小姐，我怎麼會騙妳呢？」攤販說。

「老闆說我好漂亮，還多送我好幾顆柳丁，真爽！」

突然間，像一股暖流，不，是電流，從依琳身上流過——天哪，怎麼這世界上還有人懂得「肯定我的優點、還會說我漂亮」？老闆不要我了、男友也背棄我，我沒有明天了！可是，攤販啊攤販，你怎麼這麼好，會如此「真心地誇讚我」！

依琳好感動、好高興，她一邊微笑、一邊挑柳丁，結果一秤，「六斤」！

「小姐，妳的車在哪？」老闆問。「我沒開車！」「沒開車？妳這麼漂亮的小姐要拎六斤重的柳丁哦？來，我幫妳分成兩袋，用兩手拿，才不會變成兩隻手不一樣長！」攤販熱心、風趣地說著。

♥

雖然拎著「六斤柳丁」走路很重，但依琳心裡卻感到很窩心、很溫暖！因連不認識的人都還誇她「很漂亮」，而且，他講的話是那麼發自內心、不是應酬話。

走著、走著，咦？前面這大樓不就是好友秀慧上班的地方嗎？依琳回過神來，打個公共電話給她，也告知她已辭職的消息，並約她下班時一起吃飯。

當晚吃飯時，秀慧透露個好消息——她們公司一企劃出缺，很適合依琳去試試。

依琳好興奮哦！幾個小時前，她的人生還是一片「灰暗茫然」，好想自殺！可是，因陌生攤販一句「誇讚的話」，瞬時間，使她充滿「溫暖與感動」。而現在，她已迫不及待地希望「明天的太陽快點升起」，因她渴望著有更精彩的明天！

＊溫馨一得＊

曾有個十四歲的小孫女，在探望臥病在床的祖母時，聊得很投緣、十分開心；突然間，小女孩滿臉喜悅地說：「奶奶，我要趕快結婚！」

祖母嚇了一跳，因剛才她們並沒有談論到結婚的事情啊！是不是小女孩有感情的問題？所以問道：「爲什麼要趕快結婚呢？」

「因爲，」小女孩一副認眞的臉龐回答：「奶奶妳人太好了，我要趕快結婚、生小孩，讓我的女兒也能看到妳，跟妳親熱一下！」

老祖母聽了，好高興、也大爲感動，因爲在她一生中，從未有人用如此充滿愛的話來恭維她。後來，老祖母的病，也轉好了！

其實，「貴人相助」不一定是金錢上的給予、或是職務上的提拔；別人脫口而出的一句「讚美的話」、「肯定的話」，亦可能使一個身陷低潮的人，倍受激勵和鼓舞，甚至「活出振奮」、「活出雀躍」來！

因此，「勿以善小而不爲」；不經意的一句讚美之詞，也可能使我們成爲幫助別人的「大貴人」喲！

所以，「罵人的話」——要想著說；

「誇人的話」——要搶著說。

床再大，睡不著有什麼用？

「夫妻同心、其力斷金」

曾看過開著高級賓士轎車內的男女，
兩人臭臉相向、大聲怒罵；
或穿著時髦的女士，
眼睛冷漠地望著車窗外，不理會對方！
是的，車再怎麼漂亮，
車內的夫妻若不同心、不相愛，又有何用？

一天，我從中部演講結束後，開車返回台北；在抵達住家附近的巷口時，看見一輛私人垃圾收集車，正緩緩開入巷裡，我看看手錶，是凌晨零點四十分。

這時，車上跳下來一位年約三十歲、面貌清秀的少婦，她穿著T恤、牛仔褲，頭髮用橡皮筋綁束起來。她動作十分俐落，把巷口咖啡店堆放在暗巷裡的一袋袋垃圾，用力丟進垃圾車中；而樣似她先生的司機，也在垃圾車上接著一袋袋的垃圾。

這家咖啡店生意興隆，都開到半夜十二點才打烊，也錯過公家垃圾車的收集時間，所以，才會有這私人的小垃圾收集車來收垃圾。

這少婦把十多袋重重的垃圾，用力地頂上稍有高度的垃圾車內，沒多久，這垃圾車已裝滿一袋袋的垃圾。此時，這少婦又趕快跑到巷口，指揮先生把車子倒開回大馬路上。

「退、退、退……好，停——」少婦指揮完，打開車門、跳上車子，先生還伸手拉她一把，兩人就有說有笑地，坐著垃圾車，消失在黑夜的路上。

我坐在車內，看到這一幕，心裡一陣感動——這麼晚了，大部份人可能都已經熟睡在溫暖的被窩，但這一對年輕的夫妻，卻還得開著小垃圾車，到處幫簽約的咖啡店、餐廳收集垃圾！看他們的模樣，似乎也受過中等以上教育，可是，爲了生活，爲了賺錢糊口，他們夫妻必須同心協力，在半夜裡做著不怎麼高級的「收垃圾」工作，一起努力、打拚。

想著、想著，我突然想起一句話——「夫妻同心、其力斷金！」不錯，金子的硬度是非常高的，但是，只要夫妻能夠有共同目標、一起同心協力，就可以「無堅不摧」地把金子切斷啊！

♥

當天晚上，我回到家，告訴太太剛才所見；太太說：「對啊，夫妻本來就要一起同甘共苦啊！所以人家才會說：『**夫妻若同心，狗屎也會變黃金！**』……這句話應該是用台語說的，我不太會講！」

我想了一下，原來台語是說：「**尪仔某哪同心，狗屎嘛也變黃金！**」可是……「狗屎」怎麼會變成「黃金」呢？我不解地問太太。

「怎麼不會？狗屎可以資源回收，變成肥料，肥料就可以施肥、種田；而種田收成以後，就可以拿去賣，而變成黃金啊！」我太太一副很有學問地說。

說實在的，有時我的腦子還會浮現出那個開著垃圾車的先生，拉太太一把、上車，兩人「有說有笑」的一幕。

或許他們的小孩在這凌晨一點時，都已在破舊的窄床上睡著了；或許當他們夫妻開著垃圾車、拖著疲憊的身子回到家時，已經是凌晨三、四點了，但是他們心中有共同的未來、有「狗屎變黃金」的盼望，日子過得很實在啊！

在路上，曾經看過開著高級賓士轎車內的男女，兩人臭臉相向、大聲怒罵；或穿著時髦的女士，眼睛冷漠地望著車窗外，不理會對方！

是的，**「床再大，睡不著有什麼用？」**

「車再漂亮，車內的夫妻若不同心、不相愛，又有何用？」

「夫妻若同心，狗屎也會變黃金！」

溫馨一得

有人說：「婚姻，使人喪失鬥志！」其實，也不盡然，因為「婚姻無難事，只怕沒共識！」只要夫妻有共識，有共同目標、同心協力一起經營，怎麼會喪失鬥志呢？

有些能幹的妻子，是先生的「好幫手」，也是家庭裡的「好舵手」，雖然家中並不富裕，但卻能任勞任怨，甚至甘之如飴，而協助先生把家經營得有條不紊。所以，聖經箴言中，形容「賢妻」是——**「她的價值，遠勝過珍珠；她丈夫心裡倚靠她，必不缺少利益。」**

❤

有位倪老先生說，他在民國三十年，於青島新新飯店結婚；當地青年會總幹事在證婚人致詞時說：**「我有句話要請新郎、新娘共同遵守——今後你們倆在生活上，如果意見相同時，就照男的話去做；如果兩人意見不同時，則一定要照女的話去做！」**

倪老先生說，他奉證婚人的話為「金科玉律」，五十多年來，他們夫妻「克勤克

儉、共度難關」，也「相安無事、幸福美滿」！

天哪，「兩人意見不同時，一定要照女的話去做？」那……那我活著還有什麼意義？……您說是不是？哈！

不過，有句話說：「『愛』一個人很容易，要『讓』他，卻很難！」

的確，要讓給對方、要聽從對方，真的是很難！然而，彼此「尊重、忍讓」，真的是我們要學習的功課呀！

一時的疏忽，可能是一輩子的遺憾！

太放心，可能就是「最危險」的時候！

「大陸神州、美麗蘇杭」之旅，
怎麼變成如此灰暗、塗炭？
一顆心，似乎是往無底洞一直掉落，好痛啊！
兒子啊，難道我們就這樣永別了嗎？
不要、不要、不要……

曾聽過一則眞實故事：

有一對王姓夫妻，從台灣帶著一兒一女隨團到大陸旅行。一天，他們在上海車站準備前往杭州時，嚇了一跳——哇，人好多哦，眞是人山人海！所以領隊再三交代，要看好自己的孩子，並緊跟著他。

第一次到上海，眞是見識到什麼叫做「摩肩接踵」；只見黑壓壓的一群人，在月台上擠來擠去。突然間，王太太大叫一聲：「咦，兒子呢？兒子怎麼不見了？」

剎時，王姓夫婦臉色嚇得慘白，七歲的兒子跑哪裡去了？

他們倆手牽著女兒，分頭找著兒子的蹤影；可是，上海火車站實在太大了，月台又多，每列火車又很長，有的是往海參崴，有的是往南京，有的是往杭州……天哪，兒子啊，你到底在哪裡啊？

一波波洶湧的人潮，淹沒了兒子的身影，王太太和女兒急得哭了，王先生也焦急地東張西望、不知所措！眼看著往杭州的火車就要開了，領隊和其他團員也都已上了火車……兒子啊，趕快叫一聲吧，不然叫爸媽怎麼捨得丟下你而去？

月台上的火車鳴笛了，站務員也吹著哨子，催促旅客趕快上車，火車就要開了！王姓夫婦急得不知如何是好？兒子呀，你在哪裡啊？你會不會坐上往「海參崴」或「南京」的火車？萬一，你坐錯車，這一南一北的火車，可能就是父子、母子永遠訣別，一輩子不能再相見的地方啊！

怎麼辦？要留下來找兒子、等兒子出現？還是坐上往杭州的火車？萬一我們走了，兒子一個人坐在火車站哭喊著找爸媽的話，怎麼辦？……還是「他被壞人綁架走了」？萬一他被綁走了，我們還有心到杭州玩嗎？

火車就要開了，王先生狠心下了決定——「上車吧，跟團到杭州吧！兒子啊，我們實在無能爲力了！」

在火車上，王姓夫婦含著眼淚，內心驚恐、不知所措地走著，從一個車廂又走過一個車廂……「大陸神州、美麗蘇杭」之旅，怎麼變成如此「灰暗、塗炭」？一顆心，似乎是往無底洞一直掉落、掉落，好痛啊！兒子啊，難道我們就這樣永別了嗎？不要，不要，不要，不要……

突然之間，車廂那端傳來熟悉的聲音：「媽媽——」，王姓夫婦抬頭一看，寶貝兒子正滿臉笑容地在座位上向他們揮手！

原來，調皮的兒子跟著「地陪阿姨」跑在前面，心想，爸媽和姊姊隨後就到，沒有關係！

有時，一時的疏忽，可能造成一輩子無法彌補的遺憾！我常在想，萬一王小朋友眞的走失了，在大陸十多億人口中，如何去找尋？眞有如在茫茫大海中撈針啊！而父母的心，也都將烙印著永遠揮之不去的「錐心刺痛」啊！

記得在一次聚會上，我向朋友們提到：「這個秋天，我將獨自參加旅行團到加拿大去玩！」

「你太太不一起去啊？」一朋友問。

「嗯，只有我一個人去！我太太說她放心不下一歲的兒子，她要在家裡照顧兒子！」我說。

太放心，可能就是「最危險」的時候！

「哎呀，不行哪！你太太這樣被孩子綁住怎麼可以？人要學會『放下』啊！懂得『放下』的人，才能享受人生啊！小孩可以託保母帶啊！」這朋友真心好意地說。

此時，在座的一位吳太太突然哭泣了起來！因為，她就是把小孩託給保母帶，而夫妻一起高興地出國去玩；可是，當他們回國時，兩歲女兒已因「腸病毒肆虐」而過世了！

溫馨一得

報載，有一個媽媽，帶著三歲兒子到一「家庭式美容院」洗頭髮，當她的頭包著毛巾、從裡面沖水出來時，赫然發現「兒子不見了」！這媽媽驚慌失措、在大街小巷哭喊著兒子的名字，但儘管她喊啞了喉嚨、哭腫了眼睛、心肝也碎裂了，卻仍不見兒子蹤影；最後只好登報重賞，盼善心人士能告知兒子下落。

兩個月後，有一女人來電，說：「妳的兒子在我這裡，對不起，因我們夫妻沒有小孩，我們會好好照顧妳兒子，會很疼他，請妳放心！」說完，隨即掛掉電話。

三年了，這媽媽天天以淚洗面，一想到被抱走的兒子，心就好痛、好痛！或許，五年、十年後，與兒子擦身而過時，也都認不出來了！

有時，一個「小小的粗心、疏忽」，會使我們永遠活在無法彌補的痛苦與悔恨之中，而一輩子自責不已！

所以，「太放心」，可能就是最危險的時候，因為那時，很容易使我們喪失應有的「防備心」。

當「小丑」掉下眼淚時…

媽媽的「愛現」，是兒子的「夢魘」

一天，李阿姨和一些朋友到他們家玩，
媽媽又叫他出來拉小提琴；
當他開始拉「小蜜蜂」時，李阿姨說：
「這首阿姨已經聽過兩遍了，
你還會不會其他的曲子？」

社區裡，有一位年輕的徐小姐，兒子一歲八個月了，長得眉清目秀，也很乖巧。這年齡的小孩，正是牙牙學語的時候，所以徐小姐看到兒子會叫「爸爸」、「媽媽」，或會學狗一樣「汪汪汪……」叫時，就很高興。

一天，徐小姐在美國的姊姊打電話來時，徐小姐就很興奮地對姊姊說：「我們小凱很聰明哦，會叫媽媽，也會學狗叫耶！」

「眞的啊？那妳趕快叫他學給我聽！」

於是，徐小姐叫兒子拿著電話筒，講：「你趕快叫『媽媽』、『汪汪』給阿姨聽！」只見兒子小凱面對著電話筒，發出「媽媽媽……汪汪……汪汪……」的聲音。

「哇，好棒，小凱好棒！」姊姊在電話那端稱讚道。這時，姊姊的大女兒說，她也要聽，所以徐小姐又叫小凱再學叫一次。

「媽媽媽……汪汪……汪汪……」小凱又對電話叫著，好可愛。

接著，姊姊的二女兒說，她也要聽，所以徐小姐又很高興地叫小凱再學叫一次！

最後，連姊姊的兒子也說他要聽，所以小凱又在媽媽的要求下，對著電話：「媽媽……汪汪……汪汪……」

電話掛斷後，徐小姐抱著小凱，親吻地說：「哇，你好棒哦，學講了四次耶！」

這時，在旁邊看著這一幕的老公說：「以後妳讓小凱學講話給別人聽，可不可以叫他學一兩次就好了？妳這樣叫他對著電話筒，一直學狗叫，好像是叫馬戲團的狗表演！拜託妳，不要爲了『愛現』，而把妳兒子當成『狗』好不好？」

也有一次，徐小姐帶小凱回爺爺家玩，小凱已經兩歲了，個子高高的，依然十分聽媽媽的話。大家在客廳裡聊天時，徐小姐突然對公公、婆婆說：「小凱好厲害哦，他現在就會翻跟斗了耶！」

「眞的啊，哇，小凱你好棒哦！」爺爺、奶奶異口同聲地稱讚。

「來，小凱，翻跟斗給爺爺、奶奶看！」徐小姐一說完，小凱就蹲在客廳中的大理石地板上，準備翻跟斗。

「不要、不要，你不要在這裡翻跟斗！」爺爺急著大聲叫道：「這大理石太硬了，這不能開玩笑！」

「沒關係啦，他眞的會翻啦！小凱，你趕快翻給爺爺、奶奶看嘛！」

「不行、不行，這大理石這麼硬，萬一頭撞到地的話會很痛！我知道他會翻就好了！」爺爺深怕小凱頭撞硬地會受傷。

可是，徐小姐又說：「不會啦，翻跟斗而已，不會怎麼樣啦！」

這時，爺爺很不悅地對媳婦說：「妳幹嘛一直叫他翻跟斗？他翻來翻去，萬一受傷了，妳很高興是不是？」

❤

記得，學生時代曾看過一篇「短寓言」——

「有一位畫家，在河邊撿拾了許多形狀不同的鵝卵石，回家後，十分精心地用彩筆，把每個鵝卵石都塗畫成『色彩鮮艷的小丑』模樣。

後來，畫家很高興地把這些漂亮的『小丑』，拿到畫展中展出，供人欣賞。

可是，只見其中一個五彩繽紛的『小丑』，竟掉下淚來！」

溫馨一得

有一個媽媽，看到一隻蚊子飛過來，就大聲說：「死蚊子、打死你！」

這時，三歲女兒說：「媽，妳不要打死牠嘛，今天是母親節耶，蚊子的媽媽找不到牠，會哭耶！」

♥

有時候，小朋友的想法，出乎我們大人的意料之外，所以，當我們「想當然爾」，或是「基於善意地」叫小孩做某些事時，可能只是站在「大人的角色」來考量而已，比較少站在小孩的意願來想。

有個朋友說，小時候，媽媽堅持要他「學小提琴」，而且，每次家裡有客人來，媽媽就很「愛現」，一定要他拉一首「小蜜蜂」給客人聽。其實，這朋友對拉小提琴沒啥興趣，而「小蜜蜂」也是他當時唯一會拉的一首曲子。

有一天，李阿姨和一些朋友到他們家玩，才剛吃完飯，媽媽又叫他出來拉小提琴給

「媽，妳可不可以不要再叫我翻跟斗了？」

客人聽；當他開始拉「小蜜蜂」時，李阿姨說：「這首小蜜蜂，阿姨已經聽過三遍了，你還會不會其他的曲子？」

後來，這朋友很痛恨小提琴，不學了！而且，他說，他永遠忘不了這件事！

身上佈滿「螞蟻窩」的老太太

孤苦老人們的「悲傷情事」

當法醫開具黃老太太的「死亡證明書」時，
赫然發現，老太太還有心跳、呼吸——
天哪，她居然還活著！
可是，奄奄一息的老太太身上，
竟佈滿著「螞蟻窩」……

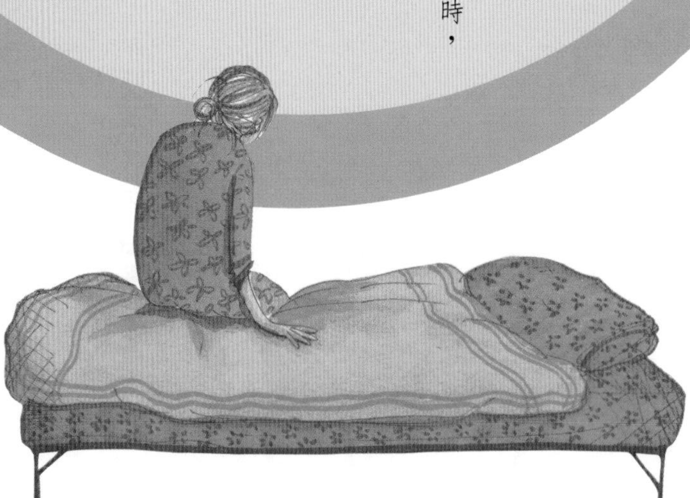

有一位七十多歲的老先生，老伴十多年前就過世了，他唯一的獨子結婚後，也搬出老家，到城裡工作謀生，無暇管到老父。

老先生年紀大了，沒工作，自然沒有收入；兒子媳婦生了兩個小孩，經濟吃緊，也是泥菩薩過江，都自身難保了，哪還能拿錢回家孝敬父親？

老父生病了，乏人照料，一人孤苦無依。以前所有的積蓄，都已經拿去撫養四十多歲才出生的獨子；如今年老生病，兒媳都不理他，只好變賣掉自己的老房子，而搬進養老院。

養老院的老人很多，但，心卻是孤獨、無助的，因兒、媳、孫似乎都無視於他的存在，好像是一個沒人要的廢物，每天只有「等死」而已。

三、四個月後，有一天，兒子帶著小孫子到養老院來看他。看到可愛的小孫子，老先生眞的很高興，露出了笑容說：「你們終於來看我了！」然而，兒子卻臭著臉，指著他老爸罵說：

「我看，你眞的是『老番顚了』耶！你居然偷偷把房子賣掉，跑來住養老院？你怎麼這樣過份？你有神經病是不是，你爲什麼不把房子留給你孫子？再怎麼說，他是跟你同姓耶！你不喜歡我沒關係，可是，你也不應該偷偷把房子賣掉，自己住到養老院來！……你都那麼老了，還要享受幹嘛？真是瘋了！」

兒子氣急敗壞地對著老爸大聲指責，一些養老院裡的老人聞聲，也都湊過來看熱鬧。此時，兒子繼續罵道：

「你這樣是不是人哪？……你把房子賣掉，你孫子以後沒有房子怎麼辦？怎麼過日子？怎麼結婚？你不怕下十八層地獄啊！……你這個做長輩的，做事不要像白癡一樣好不好？做事情，總要替後代子孫想一想嘛，不要一直只顧你自己……你看看，你這麼衝動把房子賣掉，一個人跑來養老院享受，以後你孫子沒地方住的話，你怎麼對得起子孫？」

老先生被兒子罵得頭一直低低的，一句話也沒回，只是眼眶閃著淚水。

在旁圍觀的一些拄著拐杖、駝背、坐輪椅、吊點滴……的老人們，聽了，也都跟著掉下眼淚來，哭了！

每個老人，都有一段心酸的「悲情往事」……

因為，幾乎這些老人們，都有一段雷同的「悲傷往事」！假如兒媳們願意孝順、奉養他們，他們何苦把房子賣掉、住到養老院來？

♥

最近報載，一位十九歲林姓獨子，因不滿父母管教，而懷恨在心；他甚至爲了貪圖父母千萬錢財，竟夥同朋友，以極爲兇殘的手法，拿著利刀，狠狠地往父母身上各砍了五十幾刀，活活把他們「砍死」！

也有一位九十六歲的黃老太太，在家中被家人以爲「年老而病逝」後，就將她送往殯儀館；**而當法醫開具老太太的「死亡證明書」時，赫然發現，老太太還有心跳、呼吸——天哪，她居然還活著！可是，奄奄一息的老太太身上，竟佈滿著「螞蟻窩」。**

我在想，當那對父母，被親生獨子「殺紅了眼」，用刀砍在自己脖子、身體、手臂，鮮紅的血噴濺全身、不斷抽搐……在即將斷氣時，心裡是多麼驚惶、痛心！

而奄奄一息的老太太，身上佈滿著「螞蟻窩」，被送到殯儀館時，她的淚水，在很早、很早之前，就已流乾了！

溫馨一得

報載，彰化縣二林鎮一名八十歲林姓老翁，委託一廣告公司，在老家牆上掛起一面「大型看板」，供來往鎮民觀看；上面以紅字寫著：

「二林奇情，人神共憤，天理難容，不孝子林××、不孝媳婦陳××，夫妻倆強佔我分財產後留下來的生活費（土地）不還，而遠離他處不知去向，不顧我的生與死，你們過得安心嗎？你們的心是什麼做的？你們還有社會倫理道德嗎？有天理嗎？你們敗壞台灣社會道德！我這樣的淒叫聲音，你們聽到了嗎？

重殘障的父親林×　留

輕殘障的哥哥林××筆」

林姓老翁早年是中醫師，在二林鎮素有「二林員外」之稱，估計他的總資產超過二億元；但發生富家奪產的悲劇後，生活潦倒，臥病在床，晚景淒涼。

英國教育家洛克說：「父母在孩子幼小的時候，溺愛他們，把他們的本性弄壞了；他們自己在泉水的源頭下了毒藥，日後親自喝到苦水時，卻又感到奇怪。」

其實，未能教導子女明辨是非、判斷事理，以致子女不孝、甚至弒父殺母……喝到這「毒藥、苦水」，父母自己也有過失啊！

不過，大逆不道、不懂孝順父母的人也應想想——他們不倫不孝的言行，子女全都看在眼裡，以後子女「也可能這樣對待他們」啊！

【第5篇】

嘴巴甜一點、微笑多一點

喂，妳有「性飢渴」是不是？

貶損自己、博取大家「會心一笑」

「我做了一個好可怕的夢哦！
我……我夢見……
很多不良少年、流氓侵入，
佔領我們女生宿舍……
然後，把全宿舍裡的女生都強暴了……」

我有一個帥哥朋友，常西裝筆挺、開著國產裕隆車，到台北市東區一家高級飯店應酬。後來他發現，在十字路口等紅綠燈時，偶而會有一個男子，見有轎車停下來，就跑去敲車窗，再示意駕駛人給他一點錢。假如駕駛人給他一百元，他就高興地走人；如果對方不願給錢，其實他也不會怎樣，光天化日之下嘛，也就悻悻然地走開。

不過，一些駕駛人怕遇到麻煩，所以乾脆就給個一百元了事。

有一次，我這帥哥朋友又開車到那飯店，遇紅燈時，又看到那無聊男子，正敲別人車窗要錢，心裡就很緊張，心想：「完了，完了，等一下他要來跟我要錢了！眞是倒楣！」

不久，「咦？奇怪，他怎麼沒走過來敲我的車窗？」這帥哥朋友有點納悶。

觀察幾次之後，這帥哥朋友才猛然發現，那無聊男子敲駕駛人的車窗，是「有選擇性」的——他知道開賓士車的人都很有錢，所以只敲「賓士車」的窗子。

這帥哥朋友心裡很不平地對我說：「他媽的，我開裕隆車很爛是不是？錢比人家少是不是？他居然這麼瞧不起我、不來跟我要錢？……雖然他沒跟我敲車窗要錢，我應該很高興才對，可是，我心裡就是不爽，就是有『被歧視』的感覺！」

這帥哥朋友一副認眞地說：「我雖然只開裕隆車，可是我皮夾裡的錢比別人多也說不定啊！那些開賓士車的人，很可能都是『司機』，根本就沒什麼錢，他居然只跟窮司機要，不跟我要！」

「嘿，你很無聊耶，人家不跟你要錢是好事啊！」我說。

「對啊，正常來說，沒遇到被人要錢、搶錢是件好事，可是，我一想到他『選擇性』地找車要錢，心情就很不爽，好像『我開的車很爛』的樣子！」

曾有一大學女生早上醒來，很害怕地對寢室的女室友們說：「我做了一個好可怕的夢哦！」

「什麼夢？」

「我夢見……一大群不良少年、流氓侵入，佔領我們女生宿舍……然後，把我們全宿舍裡的女生都強暴了！」

貶抑自己、自我解嘲，永遠大受歡迎！

室友們一聽，都覺得做這種夢，真是好恐怖！

可是，做夢的女生又說：「最可怕的事還在後面呢！」

「怎樣？是不是像南京大屠殺一樣，把頭都切下來？」甲室友問。

「不是啦，沒那麼噁心啦！」

「那……是不是妳夢到很多流氓輪流強暴妳，所以妳覺得很害怕？」乙室友問。

「不是啦，要是這樣就好了！」

室友們一聽，都呆愣一旁，「那到底是什麼呢？」

做夢的女生說：「我……我夢到，全宿舍女生都被強暴之後，那些流氓走過來，看我一眼，說道：『唉，這個太醜了，不要算了！』天哪，他們居然沒有人要強暴我，我好可憐、好丟臉哦！」

「妳神經病啊？妳有『性飢渴』是不是，那麼喜歡人家強暴妳！」乙室友說。

「不是啦，如果大家都發生這種事，只有我沒有發生，就表示『我很醜、沒有姿色』，我就覺得很傷心嘛，嗚……」

溫馨一得

其實，本文中的「帥哥和美女」，講的都不是真心話，只是他們故意以「貶損自己的說法」、「自我嘲笑」，來博取大家的會心一笑而已。一個懂得自嘲的人，永遠是受到歡迎的！

美國鋼琴家波奇，有一次在密西根州的福林特城演出時，發現全場的座位，坐不到五成的觀眾；當然，他心裡感到很失望！可是，當他在鼓掌聲中走到台上時，對著聽眾說：「福林特這個城市一定很有錢，因爲，我看到你們每個人，好像都買了兩、三張座位的票！」

♥

也有一個年近六十歲的林教授，在演講時說，他十年前因腎結石而住院開刀，但最近舊疾復發，醫生說又得動手術。林教授不禁向醫生埋怨說：「怎麼又要開刀？我要的是徹底根治，這樣每十年開一次刀，不是辦法啊！」

「後來，醫生安慰我說，沒關係啦，好在你再開也沒幾次了！」林教授在講台上風趣地說道。

想到日本太子妃「也是不孕」⋯

生活不單是「圓滿」，也還會有「缺陷」

那些高知名度的偶像，
每天都生活在「透明玻璃之中」，
連逛街、吃飯、談戀愛、看電影⋯⋯
都隨時有人在盯梢、注視；
心情不好時，還必須「偽裝著笑臉」⋯⋯

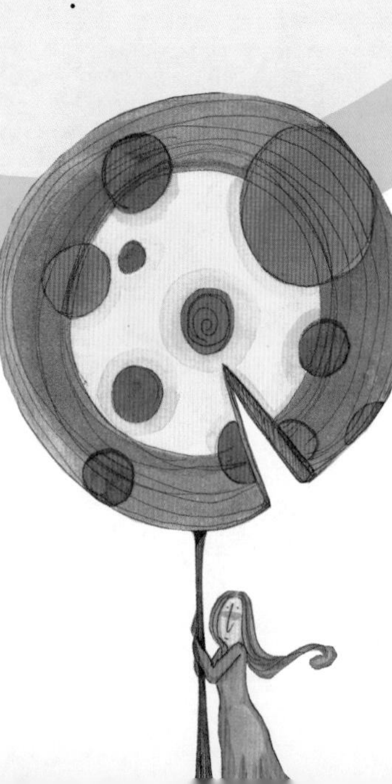

本來，對於「不孕的女人」，我很少注意，直到認識一位專治「不孕症」的醫生後，才了解到，居然有許多婦女長年爲「不能生育」所苦。

秀茹就是個例子：她結婚八年，一直未能生小孩，雖然先生不是獨子，可是婆婆總是希望她能儘快生個乖孫子。所以，婆婆每天帶著她到廟裡燒香拜佛、許願——只要讓我媳婦早日懷孕、生孫子，我一定會回來還願。

就這樣，婆婆帶著秀茹到一家家的廟，虔誠地捻香祝禱。

「媽，我們拜了這麼多家廟，到時候萬一眞的懷孕了，也不知道是哪一家神明最靈驗、才讓我懷孕的？」秀茹玩笑地對婆婆說。

「哎呀，沒關係啦，每家廟、每個神明我們都給祂拜，要是眞的懷孕，我們再每一家都回來給祂還願，不就好了！」婆婆眞是虔誠，她一心一意想早日抱孫子，縱使需要辛苦地奔波還願，她也都願意。

♥

除了燒香拜佛、向神明許願之外，婆婆也要求秀茹和老公，每天都要吃中醫師所開、專治不孕症的「秘方草藥」；那種藥，不知從哪裡抓來的，喝得好苦哦，眞想吐出來！可是秀茹一想到婆婆的好意，就很感動，也愧疚自己「生不出小孩」，所以就強迫自己要忍耐，天天喝下那些「奇苦無比」的草藥。

「其實，有時我覺得自己也蠻幸運的，嫁給一個很平凡、沒什麼錢的先生；所以當我結婚八年、還沒生小孩時，壓力並沒有那麼大。」在專治「不孕症」的診所裡，秀茹對我說。

「妳怎麼會這樣想呢？」我問。

「對啊，像日本皇太子的太太，太子妃雅子，她哈佛大學畢業，也做過外交官；當她嫁給皇太子德仁時，成爲全日本、甚至全世界媒體的焦點。可是她結婚好幾年了，一直生不出小孩，連皇太子的弟弟都生小孩了，但是她卻一直不能懷孕！」秀茹很認眞、很正經地說道：「我想，太子妃一定壓力很大，因爲不只是她給自己壓力，整個皇室、甚至全日本人都給她壓力，也議論紛紛——太子妃怎麼『不能生』？而且，日本治療不孕症的名醫一定比台灣多，可能也都幫她做過『人工受孕』，但就是沒有成功……眞的，一想到日本太子妃，我就覺得很安慰，畢竟人家所受的痛苦和壓力，比我大太多了！」

♥

秀茹接著又笑著對我說：**「所以，我覺得嫁給一個平凡的窮先生，也是很幸福、很快樂！一來，不怕被偷、被搶；二來，生不出小孩時，也不會有人一直指著妳、品頭論足地說：『你看，她就是那個家裡很有錢、卻不會生的女人啦！』……我生不出小孩，頂多只有自己在房裡抱著棉被哭而已，不會像日本太子妃，似乎全日本人都盯著她，要她快點生『皇太孫』！」**

「可是，妳先生會不會給妳壓力呢？」我問。

「還好啦，他很愛我，也沒有到外面找小老婆偷生小孩，所以我對他說：『我現在發現，嫁給你蠻平凡、蠻窮的，也是很好！』」秀茹說。

「那妳先生怎麼說？」

「他說，拜託妳說我『平凡』就好了，不要說我『蠻窮的』好不好？好歹我也是公務員耶！……不過，如果妳覺得『窮蠻好的』，那我們還是『繼續窮』好了！」

溫馨一得

《羅蘭小語》中提到，「生活不但會有快樂，而一定還會有痛苦；不單會有成功，而還會有失敗；不單是圓滿，而還會有缺陷！」

的確，生活中一定「會有缺陷」，但凡事多用「正面思考」，就像本文中的女主角，她雖然不孕，但想起日本太子妃亦是不孕，心情就釋懷多了！

♥

我們常常羨慕別人，覺得別人很風光、耀眼、被眾人捧為偶像；但是，那些被羨慕、被視為偶像的人可不一定如此想，因為他們常生活在「透明玻璃之中」，連逛街、吃飯、談戀愛、看電影……都隨時有人在盯看、注視。

這些高知名度的偶像在心情不好時，還不能擺著臭臉，而必須「偽裝著高興笑臉」，來面對大眾，否則就可能馬上被媒體批評為「很情緒化」、「很不親和」、「很臭屁」……

所以，想到我們每天可以自由自在，不會像明星、偶像一樣，被影迷、歌迷追逐，也不

生命中一定「會有缺陷」，有「不圓滿」，但仍要有陽光態度和喜悅心情呀！

會被「狗仔隊」盯梢；而在心情起伏難過時，也不必「偽裝著笑臉迎人」，這是多麼幸福啊！

很多大學生都說，將來很想當「電視主播」！的確，當「電視主播」很神氣、每天都有很多人在看；不過，當上主播的人，有時也很不自由，下了班，有時還故意「戴個帽子、戴著眼鏡」，深怕被別人認出來！

所以，許多人都想「成名」，想成為「高知名度的人」；可是，許多「成了名的人」，卻想回歸「平凡、平淡」。想想，這大概就是人生的選擇吧！

應徵工作，要開價「多少薪水」？

人最痛苦的是，「不被支持、不被欣賞」

情侶或夫妻，如同「二胡上的兩弦」，
它們雖各自獨立，但若能和諧地顫動，
就能拉奏出美妙悅耳的曲子；
相反地，兩弦若「不和諧、不搭調」，
就很容易「變調」！

有一個男生，名叫「小豆苗」，最近和女友吵架了！爲什麼？因爲，前些時，小豆苗到一家電腦公司應徵工作，可是一個月過去了，一直沒有接到「錄取通知」。對此，女友感到十分不解，因爲小豆苗出國唸書之前，就有四、五年的電腦工作經驗，現在又拿碩士學位回國，「學經歷和條件」都很符合那家公司，可是，怎麼會不被錄取？

所以，女友很關心地問小豆苗：「你的面試情況怎麼樣？他們有沒有問你薪水要多少？」

「有啊！」小豆苗說。

「你是不是薪水要求太高了？」

「可能吧，可能我薪水要得太高，把他們嚇到了，不敢錄取我。」

「那你要了多少？」

「一個月三萬二！」小豆苗說。

「啊？你說什麼？一個月三萬二？……拜託你好不好，你一個月要三萬二？」女友驚訝地說。

「對啊，可能要得太多了！」

「你……你眞是丟臉丟到家了！你已經有四、五年的工作經驗，又有碩士學位，去面試才跟人家要三萬二？你又不是大學剛畢業、沒工作經驗的新人，電腦你又那麼專業、那麼在行，你怎麼才開口要三萬二？眞是丟臉丟死了！」

「喂，妳幹嘛罵我啊？」小豆苗不悅地說。

「拜託，你是男人耶，一個月三萬二，一年才多少？加起來，年薪不到四十萬耶，你不覺得很丟臉嗎？如果只要這種薪水，那你還出國唸碩士幹什麼？大學畢業，工作五、六年早就有了！」女友很不高興地說：「你不要『志向那麼短淺』好不好？出過國的男人耶，有點『大志向』好不好？……如果我告訴別人，我男朋友去面試時，薪水只要求三萬二，那不被笑死才怪！人家曉倩的男朋友，一個月的薪水，都快比你一年還多！」

沒被錄取，小豆苗已經夠難過了，加上女友的揶揄、嘲諷，心裡更是生氣；他委屈地說：「我覺得做事應該穩紮穩打，先求被錄取、進公司，再來努力求表現、求升遷；

當他們知道我很有能力、做事又很積極時，自然會給我加薪啊！我怎麼可以在還沒進公司之前，就向人家獅子大開口呢？況且，現在經濟又那麼不景氣！」

「可是，你不覺得你這樣是很『沒自信』的表現嗎？你有學經歷、又有能力，根本不只值三萬二啊？你只要這麼一點錢，我們結婚的話，你怎麼養得起我啊？」

「現在很多都是雙薪家庭啊！」小豆苗說。

「話是沒錯，可是一個月三萬二，扣除房租、生活費、交通等等雜支，根本就不夠用，更別想要買車子、房子！」女友愈說愈大聲。

「可是，我覺得省吃儉用的話，三萬二也很不錯、很夠用啊，很多人的薪水都比三萬二還少呢！」

「拜託，你這個男人有點眼光、有點自信好不好？你為什麼要去跟『比你差的人』來比呢？也有人的薪水只有一萬多啊，那你乾脆說，你只要兩萬就好了！」女友氣呼呼地說。

「對啊，我就是後悔要得太多了嘛！」

「你……你眞是豬耶，跟你講還是講不聽，人家根本就是瞧不起你，覺得你自己連一點信心都沒有！你知不知道，薪水要求多少，是代表你對自己的信心耶，你根本就是怯懦、沒自信、沒大志向、沒出息！」

「妳自己才見錢眼開、愛慕虛榮咧，妳要那麼多錢幹什麼？莫名其妙！」

就這樣，小豆苗和女友分手了！

溫馨一得

我認識一個朋友，他爲了進入知名的「台塑公司」工作，不惜接受低薪待遇，當一名「小職員」；因他相信，自己是個「千里馬」，一定會有「伯樂」賞識他、提拔他。而先前空出此職位、離職的那人，想法卻剛好相反——他要「到小公司當大職員」！因爲，公司雖小，但職務高、薪水好，也可以有更多發展的機會。

俗語說：「一種米，養百種人。」的確，到底先到大公司、還是小公司？你我的想法可能都不同，因爲每個人都有自己的「角度和著眼點」，這實在不能說到底是「誰對

「對不起，咱們小公司容納不下您這個大職員呀！」

誰錯」呀！

所以，情侶或夫妻，就如同「二胡上的兩弦」，雖然它們各自獨立，但如果能在「同一旋律」或「和弦」中和諧地顫動，就能拉奏出美妙悅耳的曲子！相反地，兩根弦若「不和諧、不搭調」，就很容易「變調」！

而一個人在初進社會、或求職的階段，心情是絕對需要鼓勵的！您可知，人最痛苦的事，莫過於「自己的長處不被另一半欣賞」、或是「自己最慎重的決定，不被另一半支持，甚至被大潑冷水！」不是嗎？

當 麥可・喬丹「開金口說話」…

「頂尖高手」講話才有份量

「上將」雖有其極大貢獻，
但卻不會有人請他上台演唱！
「麥可傑克森、麥可喬丹」雖然都不會打仗，
但他們卻風靡了全世界的歌壇、體壇，
其對世人的影響力，也絕對超過「上將之尊」。

麥可・喬丹退休了！他出神入化的球技，使芝加哥公牛隊多次獲得「美國職籃冠軍」，也被全世界公認爲「歷史上最偉大的籃球員」；而 Nike 球鞋，用喬丹的名字爲號召，更是在全世界大發利市，賺進數億美元的財富。

然而，當喬丹在北卡羅萊納大學唸書時，並不是最頂尖的球員，他為了能在球場上有耀眼亮麗的成績，天天要求自己，必須從不同角度「投進一千個球」，否則，絕不休息！也只有如此嚴格苦練，才使他在激烈的比賽中，能急停跳投、扭腰、切入、或如空中飛人般地「灌籃得分」！

其實，近些年，美國職籃也有許多球技甚佳的球員，都是各隊中少有人能出其右的「球王」，可是一旦碰到公牛隊的喬丹，就都「掛了」，很慘，總是無法拿到ＮＢＡ總冠軍。所以對於喬丹，他們是「既敬畏、又痛恨」——唉，上帝爲什麼如此厚愛喬丹？「既生瑜、何生亮」？眞是「生不逢時」啊！

不過，假如咱們多注意喬丹的背景的話，就可以知道，喬丹過去在ＮＢＡ的選秀會上，只以「第三名」的成績被公牛隊選中。曾有兩名大學球員表現比喬丹更好，旋即被其他球隊先挑選走了；可是，該兩名球員現在卻因喬丹的表現太傑出、鋒芒蓋過他們，而已「無人知曉、不可考了」。

♥

喬丹在成名之後，曾經對自己於大四即加入公牛隊、「沒唸完大學」表示遺憾；他也力勸年輕球員們，不要在大學二、三年級時，只因球探來挖角，就汲汲放棄學業，而加入了職籃隊。

喬丹曾公開地說，一個球員的「球技」很重要，但「穩定性」更重要！如果球員的「穩定性不夠」、「心智不成熟」，就無法在球場上有傑出的表現！而唸大學，可以使球員的心智更臻成熟、更有穩定性；假如球員太年輕就放棄學業、一頭栽進職籃隊，對球員而言，不一定是好事！有些球員甚至不懂得「紓解壓力」，而造成賭博、酗酒的壞習慣，球技也逐漸變差，最後使其球員生命「提前夭折」。

「有些球員對自己不太有信心，不確定兩年後會不會比現在更好？所以一旦有球隊前來挖角，就很短視、急著放棄大學學業去撈錢，我現在回想起來，覺得這是很不智、

「頂尖高手」講話才有份量，才能被看重！

很幼稚的想法！」

喬丹如此露骨地批評其他球員「眼光短視、急功近利」，當然也是批評到他自己，但沒有人敢吭聲、反駁，因爲他是「天王巨星」、「是全世界最偉大的籃球員」，人家有本事、有資格來批評呀！而且，只要他願意開口講話，媒體都肯「搶著付費給他」，要求採訪、播出啊！

看到喬丹這麼說，不禁令人想到，有些外表長得俊帥瀟灑、漂亮可愛的年輕藝人，放棄學業，汲汲營營想進入「演藝圈」，只爲了趁年輕多賺些錢、多撈一筆；然而，當他們年紀稍長、外表「英俊美麗不再」，亦無眞正內涵、知識時，演藝生命也告「提前夭折」了！

多麼希望自己會是「某種形式的喬丹」，因爲「天王巨星」開口說話時，別人會「搶著付錢給他」；即使那些批評的話，對某些人來說，是非常刺耳的！

溫馨一得

俄國女皇凱薩琳二世，曾邀請當時最著名的義大利女高音卡布蕾莉（Catterina Gabrielli），到皇宮舉行一場個人演唱會，並告訴她，酬勞沒問題，來了以後再談。

後來，卡布蕾莉在皇宮演唱完畢後，女皇問她要多少酬勞？卡布蕾莉說：「五千元。」（當時極高的幣值）

「什麼？五千元？怎麼會這麼貴？」女皇大吃一驚地說：「爲我統帥軍隊的上將，年薪都不到五千元啊！」

「好啊，那女皇您就請您的上將來唱歌吧！」卡布蕾莉說。

一個人，在專業上達到「頂尖」後，講話就有份量、就有權威，別人就不得不「高薪禮聘」他、或爭相追逐地拜託他「發表高見」！然而，在爬到「頂尖」之前，一路上是很辛苦、很寂寞的，他必須「苦練、苦練、再苦練」，也必須放棄許多休閒、玩樂的機會。

所以，「上將」雖有其極大貢獻，但卻不會有人請他上台演唱；「麥可傑克森、麥可喬丹」雖然都不會打仗，但他們卻風靡了全世界的歌壇、體壇，其對世人的影響力，也絕對超過「上將之尊」！

因此，我確信，只有成爲各行各業的「頂尖高手」時，才會有人理睬、重視啊！

只有成為「頂尖高手」、「頂尖專家」時，別人才會爭相禮聘、爭相挖角、爭相採訪呀！

做別人的工作，學自己的功夫

工作時，要把「吃苦」當作「吃補」

「我那個表妹啊，就是這樣，
過完聖誕節沒多久，就被我在婦產科碰到，
她就是去墮胎的！
她紅著臉，不好意思講，
其實，她不用講，我都知道……
她真是有夠三八的！」

我的身材不好，襯衫需要「訂做」才合身。有一次，我到西門町訂做了兩件襯衫，十天後，依約前往取新衣；未料，老闆查一查後，淡淡地說：「還沒送來，你明天再過來拿吧！」

「不是說好今天拿嗎？我是從新店專程開車過來拿耶，怎麼可以叫我明天再跑一趟？」我不悅地說。

「我也沒辦法，工廠生意好，衣服做不出來，我有什麼辦法？你罵我也沒有用啊！」老闆理直氣壯地說。

「那訂單上有我的電話號碼，你可以先打電話告訴我，我就不會白跑一趟啊！」

「哎呀，我那麼忙，我怎麼會記得哪件衣服送到、哪件還沒送到？你自己來之前，也不先打電話來問一下？……」

隔天，我忍住氣，再去拿襯衫；從此以後，我絕不再踏入那家西服店。

人不是上帝，不可能沒錯，因「神仙打鼓也會錯」！但如果有錯，就要「勇於認

錯」；如果答應客戶來取件，卻無法做到，豈有不「開口道歉」之理？只要「和顏悅色、肯說對不起」，服務態度更好，就可以留住一個顧客啊！可是，面對這個老闆，似乎襯衫未送到，不是他的責任，你白跑一趟是「活該倒楣」，唉……

記得以前曾聽一大學教授說過一句話：「他人的愚蠢，就是我們的生存空間！」因為，當別人有許多「無知、愚蠢、幼稚」的行為時，只要我們懂得「引以為鑑」，我們就會比別人強、就可以成功！

一天，我到台大附近一家書店看書。一進去，就聽到三位女店員在櫃檯前，一邊吃芭樂、一邊大聲聊天。

「明天是情人節耶，妳們要去哪裡慶祝？」甲女問。

「眞衰，我明天輪班，不能休假！」乙女說。

「哈，我明天剛好休假，我和男朋友要去基隆玩！」丙女開心地說。

「呵，妳別高興得太早，小心休假回來沒多久，就偷偷摸摸地到醫院去墮胎！」乙女一邊吃芭樂，一邊大聲說道：「我那個表妹啊，就是這樣，過完聖誕節沒多久，就被我在婦產科碰到，她就是去墮胎的！她紅著臉、不好意思講，其實，她不用講，我都知道……她眞是有夠三八的！」

當時，我抬頭望她們一眼，然而她們三人無視我和其他客人的存在，繼續拉著嗓門講話。當時我心想，這家書店老闆怎麼會聘僱這些女店員，在上班時間內，於顧客面前吃著芭樂、大聲喧嘩聊天？這豈是應有的「敬業精神」？

幾個月之後，當我再經過這家書店時，發現，該店已歇業了。

盧梭說：「無知的人，總以為他所知道的事情很重要，應該逢人就講！」

一個人若嘮嘮叨叨、又不懂得「敬業」，則將是成功的最大障礙！因爲一個無知的人，若什麼都不懂，而且還不虛心、敬業地學點東西，將只能窩在店裡做個小店員；可是，當店倒了，自己也什麼都沒了！

「天哪，商業銀行怎麼搞得像耶誕舞會？」

溫馨一得

在克里夫蘭擔任美國總統時，有個年輕人隨著瑞士大使，應邀到白宮作客。在宴會上，當這年輕人切開一塊生菜時，發現裡頭有一條菜蟲正在蠕動著；這年輕人本來想把生菜丟棄，但他看到克里夫蘭總統正看著他，也想到他作客的身份，不便給主人難堪，於是就將蟲連同生菜一起吃下肚子裡。

這時，克里夫蘭總統對他說：「你實在不必吃下去！不過，這證明你處事鎮定、堅忍，將來一定大有前途。」

十五年過後，當這名青年再度受邀到白宮吃飯時，他已經是「瑞士駐美國大使」了。

♥

有些人在工作中，秉持著「吃苦當作吃補」的觀念，知道「工作不只爲了餬口」，還要認清自己的角色、謙虛敬業，同時也有個「理想、抱負」；假如只爲餬口、隨便上班度日，豈有成功之日？

因此，有個朋友說，他的座右銘是——「做別人的工作，學自己的功夫」；的確，在辛苦為別人工作時，還能把「吃苦」當作「吃補」，虛心學習，就一定可以學到自己的「真功夫」！

也因此，「肯吃苦，苦半輩子；不吃苦，苦一輩子！」不是嗎？

「算個命、抽個籤」，看運氣如何？

心中有平安，喜樂自然來

「你們看那天上的飛鳥，
既不種、也不收，也不積蓄在倉裡，
你們的天父尚且養活牠；
你們不比飛鳥貴重得多嗎？
你們哪一個能用思慮使壽數多加一刻呢？」

有一個電子公司老闆，在美國也有分公司，時常風塵僕僕地在中美兩地搭機奔波。

由於最近「空難事件」頻傳，所以這老闆在心理上，難免會有些不安的念頭。有一天，這老闆從美國洽談生意結束，要回台灣；當他到達機場後，就擔心，飛機不知能否平安抵達目的地？可是，擔心也沒用，於是他就在機場，買了五十萬美金的「旅遊平安保險」！

真的，買了保險後，心中就安心、篤定多了！反正一切就交給老天了——「吉人自有天相」，「是福不是禍，是禍躲不過！」……

這老闆拎著公事包，看看手錶，登機時間還沒到，就在「免稅商店」裡逛逛、消磨時間。

走著、走著，這老闆忽然發現，牆角有個「幸運籤機器」；他心想，閒著也是閒著，不妨投個銅板下去，看看今天運氣會如何？

於是他就投下銅板，機器馬上就跳出了一張幸運卡片，上面寫著——「恭喜你，你最近的投資，很快就可以獲得高利潤的回報！」

這老闆一看，好高興，心想，我就要發財了！

可是，他腦中又突然一閃——完了，二十分鐘前，我不是才剛買了五十萬美金的「旅遊平安保險」嗎？那不也是「投資」嗎？難道是這個投資會馬上「兌現」？

此時，擴音器響起，請旅客開始登機！可是，這老闆開始緊張、心裡忐忑不安，也猶豫著——要不要登機？幸運籤「會不會應驗」？會不會真的那麼倒楣？

後來，他放棄了登機！

但，該班飛機十四小時後，也平安降落。

十九世紀，美國有位大佈道家慕迪，應邀至英國倫敦證道；當郵輪航行至中途，忽然發生故障，又遇大風浪，船身搖晃得很厲害，大浪也淹入船艙，全船的人亂成一團，哭的哭、叫的叫！

正當全部旅客慌亂無比、人人搶搭救生艇時，忽見甲板上有位老太太，無視他人眼光，神態安詳地跪著禱告！

等這老太太禱告完畢，過一陣子，狂風逐漸平息、浪也慢慢地靜了。

佈道家慕迪見此一幕，甚是訝異，趨前詢問老太太：「剛才風浪那麼大、那麼危險，妳怎麼還能夠不慌不亂、無所畏懼地跪地禱告？」

老太太對慕迪說：「我有兩個女兒，大女兒叫瑪塔，兩年前就蒙主恩召，接到天堂；二女兒叫瑪莉亞，現在住在倫敦，我這次就是要到倫敦去看二女兒。剛才遇大風浪，我雖然害怕，但我向主禱告說：『主啊，我不知道祢要讓我去看誰？若要我去看大女兒，我就到祢那裡去，天堂好得無比！若要我去看二女兒，就讓我平安到達倫敦！我不管到哪裡都一樣，都有我的家、都有我的女兒；只要有祢同在，我都不懼怕、不虛空！』」

溫馨一得

聽說，有兩個花樣年華的女子，在一個清涼的夏夜裡，站在閣樓窗邊寬衣解帶、褪下羅裳，想「親身體驗」涼風徐來、舒服暢快的滋味。

運氣背不背，怎能靠「幸運籤機器」？

不巧，這一幕被一位大富翁用「望遠鏡」看到了；結果，其中一女子在隔日早上，就有媒婆來說媒；可是，另外一女子，非但沒有一點好消息，反而還得了「重感冒」，吃了好多「三隻雨傘標」的感冒糖漿。

這就是「命運」！有時，運氣來了，擋也擋不住；厄運到了，躲也躲不掉！然而，人不能天天擔心害怕「運氣背不背」啊！心中若無平安，只想靠黃曆避災、或花錢找算命仙指點迷津，豈不是「庸人自擾」？

所以，《聖經》上說：

「你們看那天上的飛鳥，既不種，也不收，也不積蓄在倉裡，你們的天父尚且養活牠；你們不比飛鳥貴重得多嗎？你們哪一個能用思慮使壽數多加一刻呢？……不要為明天憂慮，因為明天自有明天的憂慮，一天的難處一天當就夠了。」

有一女子被問到她的年紀時，笑笑地說：「你猜呢？」

「我猜啊？」男子說：「我猜十九歲吧！」

「爲什麼你猜我十九歲呢？」女子問。

「因爲我計算了一下，妳的魚尾紋有十九條！」

唉，有些事，還眞是教人「憂慮不已」啊！

高手作家戴晨志

讓你天天開心，洋溢喜樂的香水！

戴晨志作品6　◎定價250元

快樂高手
——拋開憂悶偏見，快樂泉源湧現！

智慧是由聽而得，悔恨是由說而生；「追求快樂」、「創造快樂」是可以學習的，讓我們「心存感謝、知足常樂」，也「真心接納別人、肯定自己」；因為「心中有真愛，悲喜永自在」！

戴晨志作品7　◎定價250元

男女溝通高手
——轟轟烈烈談戀愛，一定要懂得愛！

30篇絕妙故事，引導現代男女打開心結，彼此學習與成長；30個高招，如「少點怨、多包容」，「多灑香水、少吐苦水」，幫助你在最短時間內改頭換面，尋得心靈共鳴，重建親密關係。

戴晨志作品9　◎定價230元

激勵高手
——戰勝挫折，讓夢想永不停航！

31篇生動的真情故事，有殘障青年奮發向上的經歷，也有靈活幽默的生活點滴，既洋溢勵志精神，又不失輕鬆風趣，激勵我們學習人生智慧、勇敢向命運挑戰，直到勝利成功！

Master 高手作家戴晨志

讓你天天開心，洋溢喜樂的香水！

戴晨志作品16　◎定價230元

圓夢高手
——信念造就一生，堅毅成就美夢！

「人不怕老，只怕心老舊！」「人最怕喪志，而不是別人歧視！」我們的心，不能「看破」，而要「突破」！儘管曾經失意、挫敗、潦倒，但只要「生聚教訓、十年磨一劍」，必能東山再起，展翅高飛！

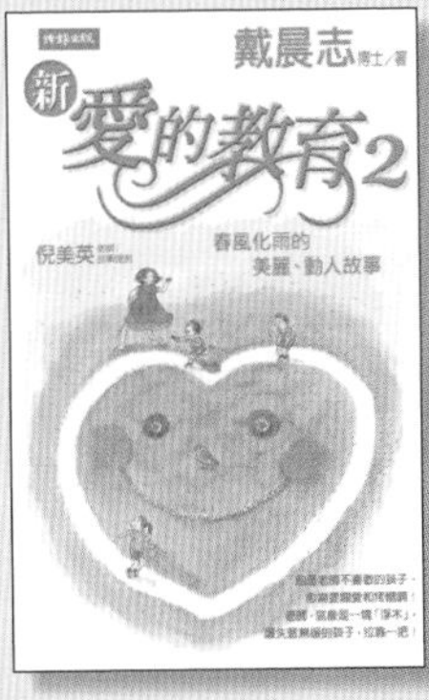

戴晨志作品17　定價230元

新愛的教育❷
——春風化雨的美麗、動人故事

愈是老師不喜歡的孩子，愈需要關愛和疼惜啊！老師，就像是一塊「浮木」，讓失意無援的孩子，拉靠一把！「感恩心、樂觀心、積極心」的培養，就是父母與師長給孩子的最佳財富。

戴晨志作品18　　定價◎230元

眞愛溝通高手
——愛情，需要溫柔、愛心、耐心地經營！

有情人不一定能成好眷屬！因為，當「美麗的愛情」不再時，「眷屬」就會變成厭倦的「倦屬」！所以，我們都要了解兩性差異，用心學習「男女溝通之道」！

戴晨志作品㉔

讓愛飛進你的心——讓你感動不已的溫馨故事

作　　者—戴晨志
主　　編—心岱
編　　輯—郭玢玢
繪　　圖—江長芳
美術編輯—周家瑤、林麗華
校　　對—戴晨志、郭玢玢
董 事 長
發 行 人—孫思照
總 經 理—莫昭平
總 編 輯—林馨琴
出 版 者—時報文化出版企業股份有限公司
10803台北市和平西路三段二四〇號三樓
發行專線—（〇二）二三〇六—六八四二
讀者服務專線—〇八〇〇—二三一—七〇五・（〇二）二三〇四—七一〇三
讀者服務傳真—（〇二）二三〇四—六八五八
郵撥—一九三四四七二四時報文化出版公司
信箱—台北郵政七九～九九信箱
時報悅讀網—http://www.readingtimes.com.tw
電子郵件信箱—ctliving@readingtimes.com.tw
法律顧問—理律法律事務所　陳長文律師、李念祖律師
印　　刷—詠豐彩色印刷股份有限公司
初版一刷—二〇〇五年六月二十日
初版三刷—二〇一二年七月二日
定　　價—二三〇元
⊙行政院新聞局版北市業字第八〇號

ISBN 957-13-4315-3
Printed in Taiwan

國家圖書館出版品預行編目資料

讓愛飛進你的心 / 戴晨志著. -- 初版.
-- 臺北市：時報文化, 2005[民 94]
面；　公分. --（戴晨志作品；24）
ISBN 957-13-4315-3（平裝）

855　　94009317